海男，女，中国当代著名诗人、作家。曾获 1996 年刘丽安诗歌奖、中国新时期十大女诗人殊荣奖、2005 年《诗歌报》年度诗人奖、2008 年《诗歌月刊》实力派诗人奖、2009 年荣获第三届中国女性文学奖、2014 年获第六届鲁迅文学奖（诗歌奖）。已出版《男人传》《女人传》等作品 80 余部。现为云南师范大学特聘教授。

海男文集·散文卷

女人传

海男 著

云南出版集团 云南人民出版社

图书在版编目（CIP）数据

女人传 ：散文卷 / 海男著. -- 昆明 ：云南人民出版社，2018.8

（海男文集）

ISBN 978-7-222-17278-4

Ⅰ. ①女… Ⅱ. ①海… Ⅲ. ①散文集－中国－当代 Ⅳ. ①I267

中国版本图书馆CIP数据核字(2018)第126995号

责任编辑：苏映华　刘　焰　徐　霞
创意设计：人合圖文
责任校对：陈春梅
责任印制：洪中丽

NüREN ZHUAN

女人传（散文卷）

海男　著　　封面、内页插图/海男　　海男肖像：陈婉清/绘

出　版　云南出版集团　云南人民出版社
发　行　云南人民出版社
社　址　昆明市环城西路609号
邮　编　650034
网　址　www.ynpph.com.cn
E-mail　ynrms@sina.com
开　本　787mm×1092mm　1/32
印　张　11
字　数　250千
版　次　2018年8月第1版第1次印刷
印　刷　云南出版印刷（集团）有限责任公司
　　　　云南新华印刷一厂
书　号　ISBN 978-7-222-17278-4
定　价　45.00元

如需购买图书、反馈意见，请与我社联系

总编室：0871-64109126　发行部：0871-64108507　审校部：0871-64164626　印制部：0871-64191534

云南人民出版社微信公众号

目　录

图像一：胸部

父母的婚床漂动着

在松开了父亲和母亲的手之后，10 岁的女孩进入了夏天，可以看见她绿色的小短裙，可以看见她的粉红色脚趾头暴露在外，这意味着父母不再携着她的双手了。在松开手的那一瞬间，她回头看着她年轻的母亲和父亲——他们形成的婚姻关系诞生了她，在最初时父母的婚姻关系形成的巢穴。她可以隐隐约约地感受自己是一个女婴体从母亲子宫脱颖而出的时刻，似乎滑出了一道铺着柔软沙砾的峡谷，这种感受是她后来想出来的，而且这种感受一直伴随着她直到她自己的身体也在慢慢地变成一道充满柔软沙砾的深长峡谷。

父母的婚姻生活形成了巢穴，这个秘密使她进入了 10 岁。现在她可以回过头去，就像任何有生命的物体，或小小的蚂蚁，它们总是在飞翔和迁徙之中寻找到最后的巢穴，

这些事物她在看见之前已经完全感受到了，她的父母是一个男人和一个女人，从她出世之后，她的父母就一直形影不离，他们从白昼进入到黑夜，一直住在同一座房屋之中，而且是住在同一间屋子里，睡在同一张宽大的床上——这些东西让她好奇，也让她迷惑，但她知道这就是父母的婚姻生活。

有一天半夜，住在隔壁的她突然醒来了，是因为她听到了一阵响动。她打开灯，在墙壁上发现了一只蝴蝶，于是她站在一只木凳子上，伸手捉住了那只蝴蝶，那鲜艳的红或蓝融合在一只有双翼的蝴蝶身上。她刚进入这种状态，进入半夜对一只蝴蝶痴迷的好奇之中。在她从木凳上站到地板上时，她听到了另一种从未听到过的声音，那是她侧耳倾听之后终于可以抓住的声音，仿佛她已经抓住了半夜月光挥洒在窗外的游丝般的光圈，仿佛她已经抓住了附近一口池塘中圆形的涟漪。哦，她贴住墙壁，现在她才确认那些声音竟然是从父母的房间里发出来的，竟然是从他们的嘴里发出来的。

这就是她难以解开的秘密，那些从父母卧室中发出的声音时断时续，只要她在半夜醒着时总会听到。但她已经进入10岁，她可以摆脱父母牵着她的手到巢穴之外去了，石头、丘陵、风和树叶、蜜蜂和邻居家的伙伴——是父母的婚姻生活带给她的另一种生活。

男孩的游戏

男孩与女孩不一样，在一群孩子中间，向她伸出异样之手的是邻居家的男孩。他可以伸出手去抓住她的右手，那个男孩总是习惯抓住她的右手，带着她朝田野中的一条小路走进去，从金黄色的玉米、葵花林中走进去。于是，这个男孩就在阳光下显示他的游戏，他的游戏中有弹弓，可以将一粒石子射到对面的树上去。男孩想射中那只在树梢上栖居的小麻雀，她大声叫了起来，那只麻雀飞走了，男孩的游戏失败了，但牵住她的手的那个男孩还有另外的游戏，他带着她来到河边，男孩一边脱衣服一边对她说，相信不相信，我可以游到河的对面去。她摇摇头，男孩却已经在脱衣服了。男孩站在阳光下，他那细小的手臂和细小的腹部赤裸着，男孩穿着红裤衩跳进了河水中，转眼之间他已经来到了对岸，他站在岸上，向她显示他的力量，她看见他成功了，第一次感受到男孩游戏成功后的喜悦。

邻居家的男孩牵着她的右手，他的胆量越来越大，他开始向她展览众多的游戏规则，实际上是在展览一个个无规则的游戏。在这种无规则的游戏之中，有一点是她向往的，她愿意跟着邻居家的男孩——那个同她一起长大的男孩到那些毫无规则的游戏之中去。她将手伸给他，久而久之她已经习惯于将右手伸给他，下一个仪式就是抬起脚来，这是脚的节奏，她听到了春夏秋冬交织在脚下时的不同的声音，她怎么可以肯定男孩就可以带她到那些充满乐趣的游戏之中去呢？她的花短裙在扑闪，粉红色脚趾露在外面，她小小的身体在脚的节奏中成长着、蜕变着，她的欢呼雀跃给她带来了许多显而易见的秘密，其中最强烈的就是她会在房间里做完作业之后等待着那个邻居家的男孩带着他的球和水车以及弹弓站在窗口叫出她的名字，似乎她的芳名对于那个男孩也是十分重要的，他也同样期待着她下完最后一级木楼梯出现在他视线之中。无论是天晴还是下雨，他们牵着手的游戏似乎永远都在继续着，似乎这就是他们之间一种永不会醒悟的、纯洁而透明的生活。

他把她引向窗外的世界，引向学校之外的世界，引向父母婚姻生活之外的世界，男孩和女孩的手牵在一起，没有人怀疑，提出端倪，也没有人为他们设置障碍。

花粉似的身体

令人吃惊的是她的身体每隔一天都会带来一种意想不到的变化，她不能完全肯定——自己用小小的脚测定的圆圈到底是对还是错；她也不能完全肯定——自己用手接触的光线、花粉、柔软的红色丝绒是不是已经使那片突然耸起的乳像一座城堡，还是像一片房屋后面的丘陵。紧随而来的变化令她烦恼和畏惧，从她狭窄的私处竟然流出来一些鲜红的血液。随之而来的是一种无法讲述的身体的痉挛，随着子宫深处的更猛烈的收缩，她惊悸地用手捂住自己的小腹，这是在黑暗中她第一次感受到的恐怖，她怀有一种深入黑暗中的台阶的幻觉，希望有人敲门看见她满脸的恐怖和羞涩。

敲开门并走上前来的当然只有她的母亲，只有她的母亲可以在黑暗中走上来，她似乎已经感受到了她女儿的初潮，因为这是有遗传的，她知道她的女儿会像她一样用自己的身体迎接这难以言喻的初潮，迎接一个女孩子早年的美妙蜕变的时刻。所以，在这些时间里，她告诉她的女孩，那个小小的女孩：别害怕，每个女孩子都会这样，从此以后你就会慢慢地进入佳境，慢慢地成为女孩中的女孩，甚至为今后的生儿育女做好准备。她惊讶地张开嘴，倾听着母亲的话语，仿佛是在寻找箴言，仿佛是在捕捉某种超验的绳子。噢，那一定是一根金黄色的绳子，她现在开始明白了，在过去的那么多的时间里，她经常感受到有一根绳子束缚住母亲，是那根金黄色的绳子使母亲带领她去沐浴、睡觉，是那根金黄色的绳子以一种阴郁的方式使母亲呈现出忧郁，也是那根金黄色的绳子以一种共享阳光和水的浮力的方式使母亲的身体忽而轻，忽而沉。但是经过一种优美的旋律之后，母亲身上的那根金黄色的绳子总是使母亲的身体置身在地板上或草地上，介于一只神秘的花篮和黑洞之间，将浑身的诱惑无尽地散发，积极而有效地散发。

这就是她小小的身体变化之后母亲使她醒悟的一刹那，就是从此开始，她仿佛待在一只花篮里，得到了一种更遥远的安排，得到了一种不可知而秘密的安排。这时的她，紧随着身体中一阵细腻的变化，嘘了一口气，她不再害怕什么了，她只是任这种身体的幻觉进入一道狭窄的门洞之中，去倾听别的没有听到的声音。

她的秘密之花

由于好奇，她的私处在一面光线黯淡的镜子里出现，这是一个不为人知的时刻。这是作为女孩的她被一种私人生活的幕帷遮起到敞亮的时刻。她开始寻找镜子，一面传统的穿衣镜，昨天还镶嵌在屏风中以遮挡和划分她的房间，今天却已经被她占有，她的身体占有了那面屏风中的镜子。现在，她已经是一个女孩，她有了了解自己私处的权利，这是一种纯洁透明的权利，就像玻璃那样纯洁。

私处也是纯洁又敞亮的，柔和的光线照着那些鬈曲的黑色的部分，一点声音也没有，没有声音干扰她此刻的生活，她只有屏住呼吸，仿佛一呼吸就会发出牵动声，让那些垂落下来的窗帷发出簌簌之声，让一阵风吹进来使她的这种生活突然中断。她屏住了一个女孩子的呼吸，紧张地在镜子中发现自己仿佛置身在玻璃屏风中，她那细长的小腿和裸露的私处已经开始在圆形的万花筒中变幻。她开始穿衣服，一件又一件的衣服遮住了她的私处，使她终于可以随同镜子中那些模糊的幻觉，在她阅读过的那些神话故事里去移动裙裾和脚步。

她将窗敞开。她望见了院子里的那口井和停在空中的蔷薇花枝，她已经停止了令她迷惑的那种生活，新的生活在窗外，在那些蔷薇花枝下面，母亲正弯腰修理枝蔓，而父亲到哪里去了呢？父亲的世界似乎永远在围墙之外，她早已发现这种现象。她红着脸出现在母亲身边，这是星期天的午后，时间展现在母亲的手上，那些枝蔓散落在水井周围的泥地上。在雨后的午后，在经历了置身于镜子中窥视自己的这个女孩子的眼睛里，一系列的战栗和迷惑都在她晃动身体向着母亲微笑的那谜一般的悬念中，犹如空中楼阁一样悬到遥远的地方去了。

现在，她睁大双眼，看着热情的母亲并透过母亲那丰腴的身体唤醒了她去生活的欲望。那天午后，她陪同母亲修理完了多余的蔷薇花枝，并坐在井栏上，她不再是那个温顺而柔和的、念念有词的女孩，她已经寻找到并发现自己是一个生命中的精灵，她知道随同时间流逝，总有一天她会将那个空中楼阁中的谜放下来，像她的母亲一样使身体变得丰腴。这一切开始于她浑身战栗的时刻，但无论世事如何变幻，她知道她的私处永远属于她自己。

父亲的故事

一个女孩注视着父亲与他的情人约会，她盯着父亲的背影，她在夜色中挥动着手臂，她大声说："父亲，你在干什么？"她看到了另一个女人的长发，她又大声说："父亲，你在干什么？"那天晚上，这个女孩永远牢记了这个场景，她用脚尖踢响了一个空酒瓶，这是一个酒鬼扔下的，这是一个酒鬼留下来的礼物。当她踢响酒瓶时，她似乎想从父亲约会的背景中穿巡而去，直跑到地球的另一面去。

无论如何，父亲始终是她看到的第一个男人，同时也是她的第一个异性朋友，是她的偶像。从她能够看见父亲的身影的那一时刻，父亲总是不断地外出，跨越门与门的阴影、墙与墙之间的束缚，并且穿着他的特大号鞋子，带着“一种被施了魔法的节制”走到墙外去生活。

有一次她曾经是那么好奇，便跟在父亲身后。她看见父亲走了很远的路然后到一群男人中去了。在那群男人中间，父亲的声音仿佛是从乌黑的萨克斯管涌现而出的，带着她听不清楚的谵妄，带着她无法解释的那种热烈；但有一次，父亲并没有走向那群男人，他走进一片小树林深处，而那片小树林却看不到任何一个人影，这是多么奇怪的事啊。她紧随着钻进了那片小树林，父亲竟然独自一人抱着手臂在那片雨后的小树林中散步。男人是需要孤独的，父亲也需要孤独，所以，父亲的大部分生活始终在墙外进行着。

墙外的生活对于父亲来说是一片荒原。父亲有时候独自一人，有时候则是和那群男人们到荒原上去，荒原对于父亲这样的男人来说始终是战场，因为男人们热衷于面对战争，只有战争会使男人们爆发出力量。所以，她看见父

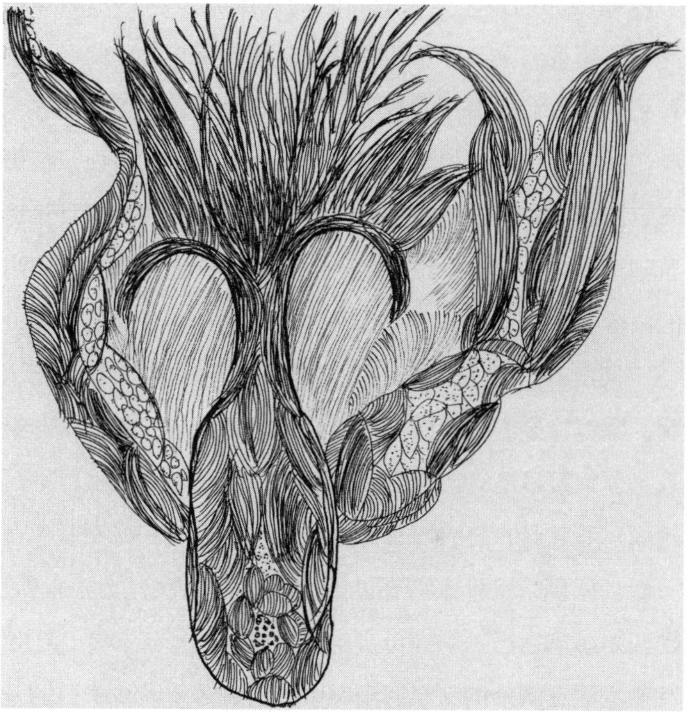

亲置身在荒原上时，他仿佛拥有鹰的双翅，仿佛施了魔法可以在荒原上空飞起来。这种情景通常对她来说是一个难以描述的情景，父亲成为她的偶像就是从这一刻开始的。她窥视到父亲除了能像鹰一样飞起来之外，父亲也会和那群男人发生真正的战争，他们好争斗，也用身体显示胜败，在一个没有战争的年代里，男人们的战争显示在勇气、智慧之中。由于有了他们的战争，在那片荒原上竟然看到了高大的建筑，也看到了他们在竞技中超越鹰飞翔时的高度。

父亲的生活在墙外，意识到这一点是一种怎样的启示啊，她对父亲的崇拜以及信赖完全被这种启示替代了。男人这个词最早是父亲给她带来的，所以，父亲是她的偶像，她面对着父亲，高大而有力的父亲与那只鹰和荒原联系在一起。所以，一种东西在她的心灵中开始疯狂地生长着，她开始感到自己正站在母亲身边，自己同母亲一样正在等待着生活在墙外的父亲回到家中，这种等待从少女时期开始，试图攀越父亲在墙外生活的那些篱栅。

她的母亲

她的母亲，那个身体丰腴的女子，面孔仿佛仍然沉溺在她灵魂出窍时的氛围之中，与父亲不同的是母亲更多的时间不是生活在墙外，而是生活在墙内，从一间房子走向另一间房子。父亲外出时，母亲总是忙来忙去，房间里有清除不尽的灰尘，也有清除不尽的蜘蛛。在母亲置身于这些空间时，她感到母亲是生活在网中，除了蜘蛛纠缠母亲的衣裙和视线之外，母亲更多的时刻是生活在幻觉中：在黯淡的花朵凋零时想象天鹅飞来了，飞进了窗；在一场霜降临的夜里，想象冰化成雪水从峡谷深处流出……幻觉中的母亲并没有停留下来，她总是在房间里走来走去，蓬松的大裙子发出簌簌之声，证明母亲并没有停止她的手和脚，似乎这就是女人的惯性。她们适宜猜想许多事物并向往有一天能得到它，比如对于房屋，母亲总是唠叨房间的空间太小，她总是自言自语地说：如果有一套更宽敞的房屋就太好了。这种幻觉使母亲从蓝色窗棂中探出头去，难道她看见了升起在远处的另一幢适宜把她的梦放进去的房屋，难道她已经捕捉到了那个瞬间，我们在春天里迁徙，带着旧家具，乘着大卡车迁徙到另一个地方去。噢，她回过头来了，以一种多少有点神经质的声音说：瞧瞧，你父亲，都到什么时候了，还不归家。家，是母亲在幻觉中返回来时经常吟唱的一个词汇，家是一种不寻常的感觉体现在母亲轻柔的鼻息之中，家是支撑她从一道巨大的阴影中跨过去，并带着一种欢乐的叹息告诉她的一种现实。

即使在一个最糟糕的瞬间，母亲也会用一种不容置疑的声音大声宣布她对她幻觉中那个世界的热爱。她说话时，仿佛花园中嗡嗡振动的蜜蜂飞进来了，她穿着大裙子站在屋中央——这个女人是她的母亲，也是她的同类和她看见的第一个女人。在万籁俱寂的日子里，母亲更是可以把她的幻觉带到你面前，她的气质中洋溢着水汽，所以她完全可以把水，那些清澈如镜的水带到你面前；她的气质中还洋溢着热烈的风暴，有时候，她就站在那里，看着她母亲给他们一家带来的风暴。她在诉说、抱怨，她在倾诉，她进入了一条幽灵奔跑的道路，所以她厌倦了现实。她是母亲的女儿，她第一次感受到母亲的幻觉使母亲的生活有时候清澈，有时候却像一圈波浪。

七月的羞涩期来临了

突然有一天，这件事情事实上早已发生了，邻居家的男孩不再伸出手去牵住她的右手了，而他们相互见面时羞涩也就降临了。她看他的目光开始躲躲闪闪，他们很少肩并肩地出现在阳光下面去寻找那些毫无规则的游戏，他们好像是自己为自己设置了许多屏障，这使她体会到了房间里那面屏风的意义。她的生活开始被屏风挡住，屏风挡住了那个男孩和他的那些游戏，屏风把她引向她房间里的镜子，羞涩缀满在她的脸颊。男孩和女孩不再奔涌在一起，他们开始为他们自己的生活设置距离，随同身体的变化，距离在教室里的书桌上出现，距离也在他们的目光中闪烁着出现。他们过去从未如此担负过这种距离的精神压力，从未担负过羞涩中的一切奥秘，在过去那些逝去的日子里，没有距离和别的屏障，碰到河流什么的屏障他们会手牵手跋涉而过，他们会伸出手臂在同一时刻跃起。而生活完全变了，就像他们身体的变化一样快。他们开始承担着各自羞涩的目光，而在这种过程中他们开始猜想并追问他和她

为什么会羞涩，仿佛他们带着困惑不解的目光去拜访另一种游戏规则。然而，无论怎样，女孩子真正的羞涩却已经降临。

她开始注意自己的行为举止，她也开始竭力在镜子中寻找自己最佳的形象，她的青春给她带来一种巨大的乐趣，她是那样可爱，并没有偏离既定的路线，并没有在生命中发现一座摇摇欲坠的天桥，青春中的羞涩刚开始给予她一种朦胧的冲动，在人生的扇面还没有张开，所以，她的羞涩是一只青苹果，还没有被阳光、雨水和风暴融化，还没有像土地与植物那样结合在一起。羞涩的少女，青春期的少女，她们已不会在浅水里全身赤裸，嬉闹又喊叫，她们就像被她们的羞涩所束缚起来，她们不再与男孩子公开地、面对面地游戏了。她们在一起时，总是想寻找到某种理由，不偏离既定路线，不偏离母亲传授给她们的道德经，不偏离镜子——那面纯洁的镜子所给予她们的栖息地。

羞涩仿佛在一个 7 月的炎热季节中降临，它带来一种干燥和湿热，使她的身体微微欠起，仿佛给她带来一种不可思议的移情的冲动和不可思议的移情中的展望，她开始冥想我是怎样生下来的，我是谁？

焰 火

性就像一块特别的栖息地在她身后和前面展现着，就像一片一波三折的水浪给她带来一种情不自禁的激动。她开始进入这种性的诱导之中，从书籍中散发出来的对性的阅读，就像古老的幻灯机在一个有星辰的夜晚错落有致地展现出人体的图片。那些图片缓慢地将神秘的躯体的秘密告诉了她，那些倾斜在夜色中的彩色图片使她有一种窒息之感，接着她的身体变得灼热。透过她花边的蓝色裙裾可以看见她小小的乳房在轻微地颤抖，从那馨香的秀发和脖颈之间弥漫出一片湿漉漉的汗珠。她躺在床上，那天晚上她第一次回忆许多年前听到的从父母的卧室中发出的欢鸣，那种欢鸣仿佛就是一张张从古老的幻灯机中展现的图片，那些图片与父母卧室中的欢鸣联系在一起，暗含着对更古老的来自一条河流的理解和阅读、追问。她从夜晚进入白昼，她现在明白了，她是从哪里来的，她是从那些布满沙砾的柔软的窄长峡谷中流出来的水，所以她始终在成长中像一棵树那样纤巧；她是从那些水藻的深处荡漾而上的更玲珑的一尾小鱼，有时候是一种器皿以无穷无尽的呼吸来到一座岛屿——好像这就是她。那个女孩，穿着裙裾独自一人在朦胧的青春期终于没有后退，而是带着身体中的水藻味和血的气味接受了性的第一次诱导。

就在第二天，仿佛世界清晰多了，男人和女人走在一起是因为两者之间充满吸引力，男人和女人之间形成婚姻生活除了生育之外，更为重要的是为了享受性爱生活。

性爱生活对现在的她来说是那样遥远，她被性诱导之后变成一个无忧无虑的女孩，填满她心灵和躯体的是向往一种透明的没有深渊的彼岸。也幻想那是她的初恋，幻想有一个男孩站在风景中等她，而转眼之间，这些东西也没有了。谁也没有她如此快乐，无忧无虑地享受着学校、家庭、朴素的花裙裾和绿色的蝴蝶网，谁也不知道她为什么如此快乐，谁也看不清楚她是女孩中的哪一个女孩。

浸透了快乐的身体变成一个粉色的点，不停地旋转、降落，再旋转。性的诱导使她了解了自己的身体，性的诱导使她那轻盈的身体没有累赘和沉重，她快乐得想要飞，性的诱导只是一本书使她阅读又即刻进入馨香的草地。

阴　性

邻居家的男孩身体早已长高，变成了一个少年。每当她看见他时她感到自己的身体在隐秘地起伏着，她看着他的头发变粗变硬，她还看见了他的喉结。他与她说话时，她一直看着他的喉结，他就是书上讲的那些男人吗？她开始诘问，他就是像父亲一样的那些男人吗？他已经离开了，但她并没有感到他已经离开了，而且她也没有听清楚他刚才对她说了一些什么话。

身体在隐秘地起伏着，她开始对这个男孩充满了想象，因为他是她的邻居，是她生活中除了父亲之外的另一个异性朋友。想象他时，她以一种少女的姿态面对着他发出的嗓音，从那易动的喉结中发出来的声音不再是过去的那个男孩的声音了。世界完全变了，世界在她的一场睡眠中已经改变了昔日的模样。她的身体过去并不会这样起伏着，她小小的乳房也不会这样颤动着，他散发出一种奇特、含糊的想探究她的目光。而她呢，她的变化来自身体的变化，她开始对自己产生一种陌生感，产生一种从未有过的陌生感。女孩的她已进入另一种变化，但她从未想到会来得如此之快。她在书上、生活中阅读过许多东西，但那是别人的东西，她并不知道她的身体开始了熔炼阶段，她并不知道她已经进入另一种迷惑之中，于是，怎么办呢？她感受着来自校园深处的集体读书的声音，但他无处不在，他那易动的喉结使她无法像幼年一样去把握他了。

那个少年，他开始变得虚无，她虽然可以每天看见他的身影，但实际上他并不存在。她开始不了解他的想法，不知道他新的游戏，更不知道他喉结颤动时，他对她说了些什么。女孩，女孩，置身在青春期的热情的女孩，她执迷于她的小小脚趾给她带来的粉红色的幻觉，而她对天鹅的死却一无所知；她执迷于那个男孩喉结的异常变化，而她并没有去拥有一个失眠的夜晚寻访到那个同样古老的启示；她执迷于自己青春期的身体的起伏，她却是那个无法穿越第二条河流的女孩；她执迷于那面镜子所带给她的现实，但她却不能看到镜子的另一面；她执迷于烟雾中那些行走的人，而她却无法走到他们之中去……女孩，女孩，她还不能访问世界上的花朵，所以她的身体在起伏着。

作为男人的父亲

在一个陌生的晚上，是一个与同学聚会的晚上，她发现了父亲与另一个女人在一起，那个女人不是她的母亲，也不是她认识的女人。那个女人是陌生的，但却在难以遮挡的注目中降临，在餐厅的一隅，她占据着父亲全部的视线，看上去她可以由此占据父亲最重要的时间，也许是今晚的时间。所以，她惊疑和愕然地把这一切收藏在眼底深处，直到有一天夜晚，她从同学家做完作业回来时看见了父亲和那个年轻女人在一条看起来较偏僻的小路上散步，也就是在那天晚上父亲回来得很晚，而且她听见了父亲把一个谎言抛给了正在等待他的母亲。

这是父亲的秘密，但因为变成了谎言——却在无形之间紧紧附着她所看见的斑驳夜色和背景中一个无法收拢的缺口。好像是从那以后，她才发现了父亲身上的另一些弱点，在父亲优雅的姿态背后有一种茶褐色的斑点在飘荡，那些斑点给她带来了抽象的可以伸手可及的危险。也就是从那以后，她无忧无虑的生活中不再有一种古典简洁的欢乐，她开始用各种各样的方式去理解父亲，实际上是在用各种各样的方式去理解男人。也许母亲不能给父亲带来另一种东西。于是，她竭力去想那种东西是什么？仔细端详父母在一起的时光，母亲毫无规则地欣赏父亲的一举一动，哪怕是父亲留给她的谎言。她终于感受到了这致命的腐败的气味，正是父亲为此厌倦的东西……作为父亲，也作为男人一旦他意识到这一点后，他就会像大多数男人一样以冷酷的方式寻找到新的涟漪。而那个女人恰好找到了父亲的弱点，她投入了父亲的怀抱，她是父亲隐蔽中的女人，也是藏匿在一种激情起伏中的情人……问题终于被她发现了。她年仅16岁，却已经寻找到了关于父亲的一些痕迹，却已经看见了男人身上那种难以捉摸的本性。

置身在家庭中，她的位置并不显赫，她依然是父亲和母亲的小宝贝，一个始终长不大的宝贝。作为旁观者，她的目光沉静如水，也不再像过去一样把父亲作为生命中的偶像了。但她依然尊重自己的父亲，同时也尊重自己的母亲。她有一种微绿色的可以把羽毛放入空气中飘荡的本能，她可以嘘的一声看着那些羽毛在飞，也看着父亲的秘密张开又合拢，同时看着母亲被美丽的谎言所激荡着飘在气球之上。

银粉色的波纹

父亲和母亲的婚姻生活在扇面中展开。她原来以为家里是不会发生战争的，因为父亲和母亲决不会在家庭中挑起一场战争。但战争却降临了。他们掩上门，尽量压低声音争吵，但由于愤怒，他们的声音不断地增高。每当父母发生战争时，她感到异常恐惧，她藏在自己的房间里面对着墙壁，她感到面前的墙壁就要坍塌下来了，随同他们散布在空气中的那种咖啡色的苦涩的气味。但墙壁却始终都没有坍塌下来。到了半夜，战争结束了，一切又开始变为宁静，她拉开门出去，看到母亲弯腰在收拾地上的残局，打碎的瓷杯碎片撒了一地，她看到了不想看到的这一切。但一个家庭的存在无疑已经危机四伏。这些东西就是她的青春期所经历的，它们像零乱的蜘蛛设置的网，它们发现一种微弱的难以忘却的易碎的回忆使她的青春期继续向前延续，使她伸出手去，捉摸到父母婚姻的扇面。那被张开的扇面，曾经有宁静的色彩，而此刻这张扇面中却潜伏着无法说清楚的就像被她嘴唇感受到的那种咖啡的味道，一种低浓度的苦涩的味道。

世界就像扇面一样地对她敞开着。一个女孩最初的世界是家庭给予她的，在那些扇面中浮动的阴影就像移动着的记忆中那片灌木林的影子，而母亲和父亲用他们各自的角色强调着家庭的重量，强调着圆满之后的裂纹，强调着心满意足的阴和阳的混合。就这样，家庭始终存在着，无论出现了什么样的问题，家始终是父亲和母亲出发的地方。他们把这种传统给予了她，所以，家是她出发的地方。

婚姻生活就在扇面中展开，像波纹一样镌刻在她的成长史中。而在那里，在父母面对的一张圆桌上，那些问题凸现着。然而，彩色的蘑菇依然会盛开，她母亲依然会挽着一个髻，那是世界上最美丽的髻。由乌黑的长发形成的髻使母亲即使在阴沉的午后也会发现一种雾气，一种父亲始终无法舍弃的那种雾气。

而扇面是那样迷人，银粉色的波纹使时间过渡，使时间饱满地移动、流逝，一家人就这样生活在扇面之中。家是她最早的学校，父亲和母亲总变幻着扇面的银粉色波纹，为了使他们的婚姻生活亘古不变，也为了使他们的女孩不会从他们婚姻的扇面中消失。

出　走

她走得那样快，一只简易的小木箱拎在她的右手上，透过 12 月的风和霜她意识到这是她第一次离家出走。她只是觉得沉闷。考试已经完成，在等待的日子里，没有任何事可以让她身心愉快。邻居的男孩也有与她同样的感受，而母亲总是站在她身边压低声音想寻找出她沉闷的原因。她无法忍受这种等待，她无法待在房间里，如同那只金丝鸟被关在笼子里。像鸟一样飞远吧，她想象一只鸟扇着翅膀飞出去，飞出她等待的范围之外去。出走，这是一个浸透了冒险的词汇，使她想到铅似的天空，弥漫着异乡气息的小旅馆，弥漫着一条道路，一只淡黄色的小动物，也许是一只狗，也许是一只兔子和一只猫在前面奔逃。这就是出走，她真的拎着那只小木箱子，连头也没有回就到了火车站。在售票口，她摸了摸钱包，这是她的零用钱，一个又一个硬币哗哗作响。但她算了算，这些硬币根本不可能买到一张通往异地的火车票，在踌躇之中她突然将目光转移到了长途汽车站，她拎着箱子被转移到了一辆溅满泥浆的客车前面，司机正举着装有水龙头的胶管冲洗车子，她就站在水溅起的浪花之中，后来她只用了三分之一的硬币就到达了另一个地方，到达了她的外婆家里。八十多岁的外婆用温暖拥着她淡黄色的影子，她降落并躲避到外婆的乡间葡萄树下去，尽情地摘着葡萄并品尝着，她终于逃离了那些路线。使她高兴的是外婆并没有诘问她突然降临的原因，因为她的外婆已经被见到她的喜悦弄得昏头昏脑。

第一个夜晚降临了，她庆幸自己终于被车轮转移到了外婆的乡村乐园。对于她来说，她跳跃奔跑，像那些淡黄色的小动物一样奔逃而出，就是为了摆脱别人的影子。这就是她的出走，她青春期的第一次出走，一次真正意义上的离家出走，她知道她已经进入了外婆的乡村乐园，她可以在这里度过几天真正无忧无虑的日子。没有等待的烦恼，没有母亲盘旋在她身边的低声细语的笼罩，没有时间的照耀，使她的身体，忽而在缝隙中，忽而在一只贝壳里无法翻身。

这是一次成功的出走，但她并不知道在她离家出走的第一天晚上，她的家人找遍了那座城市，直到第三天她抬起头来看到风度娴雅的母亲站在她身边掩饰不住嘴唇的愤怒和颤抖。

蝶翼中的谜团

那个沉默寡言的男孩竟然会将一张纸条塞进她的书包！一路上，她心跳不已，她从来没有收到过男孩传递给她的纸条，但她知道别的女孩曾经过早地收到男孩子的纸条。男孩子们在纸条上宣布他们是如何喜欢那些女孩，并邀约女孩在一个地点会面。她曾幻想自己有一天也会收到类似的纸条，收到类似的让她激动的纸条。

直到她走到小巷深处，她回过头去，直到她看不到一个熟悉的人之后她才小心翼翼地从书包里掏出那张纸条。水蓝色的墨水像蚯蚓一样弯曲的信息，浸透了那个男孩的意念：傍晚我在铁轨那边有话告诉你。这就是纸条上的全部符号，这就是那个男孩向她发出的邀请，而且挑选了铁轨。她将纸条放进掌心，她曾在铁轨上追逐一只奇异的墨绿色蝴蝶，那条铁轨伸向远方，铁轨两边长满了青草，这是两条寂静的铁轨，只有在火车通过时才会发出剧烈的轰鸣声。但她对那两条铁轨的感受是奇怪的，它就像她未追逐到的那只墨绿色的蝴蝶，伸向一种她完全不知道的铁锈色树林之中去，使她无法伸出手去抓住那团墨绿色，同时也抓住铁轨中沿着横断山脉逶迤起伏的那蝶翼中的谜团。

毋庸置疑，那个缄默的男孩递给她的那张纸条给了她一种朦胧的激动，因为这是她平生第一次收到的邀请，一个男孩子写在纸上的符号不仅使她对那条铁轨充满一种潮红发亮的新的感受，同时也使她，一个少女的幻觉可以即刻凝固在铁轨中那寂静的、飘荡着青草气息的，然而并无法让她抓住的难解的谜团之中，正是这种状态使她走向了那条铁轨。那天傍晚，似乎全世界的颜色都在迷蒙之中发生了一阵阵的蜕变。在傍晚未降临时她已经做好了充分的准备，她猜想着男孩与她约会的全部意图，她想，也许那个男孩喜欢上我了，但她却从未察觉到，因为男孩总是缄默的，他几乎从未在她身边发出过让她可以听到的声音。而她也从未注意过他，因为他是缄默的，对于她来说也是陌生的，所以，她和男孩之间的距离从未使他在她视线中留有位置。奇怪的是，正是这样一个男孩给她第一次写纸条，第一次大胆地与她约会。

怀着女孩子那种拘谨和被束缚在慌乱之中的胆怯，她的热情中的迷惘使她并没有畏惧，她来到了铁轨上，她已看到了那个男孩。

一个男孩和一个女孩

男孩穿着白色 T 恤衫，他的学生发型和男孩子的焦虑在看见她的那一瞬间完全暴露无遗，他的等待使缄默的他终于发出了微弱的声音，但他似乎也同样意识到了他和她总在蜕变中忍受着这不成熟的场景。这是需要表达的时刻，唯有表达才能解释这场约会，才能区别他为什么在此处等待，而她为什么在此处赴约。

他站在 5 米之外的一团寂静的暗影中，而她则站在一种奇特的犹如青草起伏的新含意之中。他开始说话了，她看见了傍晚成为他身上的一种色彩，金黄色的余晖早已退去。他伫立着，看她的眼睛但并不敢从她眼睛深处坠落下去，所以，他只好转移视线，看着铁轨深处的颜色，那在白天是红色的、紫色的植物现在却变得游移不定。但她还是听清楚了他的表达，他的表达说清楚了在那个年龄所有男孩对女孩的那种爱慕和幻想，但并没有说清楚除了这些东西之外他为什么要与她约会，也没有说清楚他为什么对她充满了爱慕和幻想。

他和她之间的第一次约会只解读了男孩递给女孩的那纸条上的秘密，但从此以后，在她的心目中，这个缄默的男孩成了她羞涩的对象，成了她回忆铁轨时的一种风景线。他们曾第二次、第三次在铁轨上约会，他和她之间在第一次约会中始终保持着 5 米或 4 米的距离，因为他们始终停留在无法表达清楚的一种意象之中，因为他们现在始终无法知道未来的命运，而他也无法将那个女孩带出铁轨之外去，她亦如此不能丢开一切跟随他而去，而且他和她之间只是被一种东西所迷惑着，他们并不知道爱情是什么。所以缀满铁轨的各种颜色和火车到来时的轰鸣声使他们保持着距离，涨红着脸，一次又一次，这种无法触摸到游戏核心的游戏，一个男孩和一个女孩相互吸引的游戏——在较长的一段时期内曾经是他们生活中的色彩。他们纯洁的声音同样环绕着铁轨，他们走了很远又重新走回来，他们艰难地把这种游戏带到远方。但在他们的视线中却出现了新的剥离他们约会时的色彩，也许他们并不属于这条铁轨，因为他们的人生永远在那些稀释的色彩中，在红色灰尘中闪烁着。男孩，男孩，这个男孩只会保留在她短暂的有限的记忆中，因为她还不能去承受男孩带给她的那些额外的负担。

银灰色的大门敞开着

银灰色的大门敞开着，四周的褐色矮墙相互镶起的一所学校是把她早年的青春期“监禁”起来的一个摇篮，是除了家庭之外使她的身影分散在那些未知的符号中的唯一的地方。从幼年开始到进入每一所学校，围墙中的喜怒哀乐使她的个子在长高，也使她的身材变得苗条。

教师是她敬畏的对象，他们保持着传统使她的思维限制在美丽的教科书上，限制在精确的方程式中。男教师和女教师分别出现在教室中，一块黑板使她感到压抑但也使她早年的想象力得到训练。通过教师的声音也通过那块一成不变的黑板，女孩，单纯的女孩使自己的身体变得丰富，使她喜爱上了书籍中的未解之谜。

更为重要的是围墙中的学校训练了她的克制能力，她置身在一群人中间，置身在她的同龄人中间使她的青春期有着潮汐碰撞潮汐般的感觉，有着潺潺小溪汇入大海的感觉，使她的青春期遭受到合理的“监禁”，又使她在人群中减弱了青春期的孤独。因而属于女孩子的那所学校，铃声总是最亲切的，它会超越所有的时间，超越所有的声音，使她收紧自己的四肢——进入一个限制她逃跑的集体之中去。久而久之，在这个集团中，她的皮肤发出健康的信号。慢慢地，怀着那种梦呓般的感觉，她的词汇日积月累，使她的许多词语像是镶嵌起一条小路。女孩，女孩，经过学校“监禁”训练后的女孩，她的四肢展现出灵巧的、喷薄欲出的光彩。

在漫长的时间里，学校是她始终奔赴的一个地方，除了夜晚。学校使她的青春期发出惊人的变化，也发出种种信号，除了使她认识更多的男孩女孩之外，他们融合在一起的声音，无论是笑声、哭声和叹息声都将一种戏剧性的生活提前降临，这使她的前额变得光洁、明亮，眼睛里荡漾着无意识的光芒。

日复一日，她总是背着书包，穿着格子校裙开始保守的一天，传统的一天，翻开教科书的一天，进入黑板生活的一天。岁月从未损伤过她的神经，因为她总是被“监禁”在有花园的学校生活之中；岁月也从未使她被转移到别的地方去，因为在她被学校“监禁”起来的青春期里，她的注意力正专心地集中在时间限制着的游戏碰撞之中，她的灵魂还没有跑出去。严谨的校园生活既可以“监禁”她的身体，也可以“监禁”她的灵魂。

另一种魔法

女孩子必须度过她在词语中生活的时期，因为唯有词语可以使她发出的声音圆润、动人，唯有词语才可以使她伸出手去，在散发出无数个音符的圆盘上寻找到她喜欢的那个音符。当她在学习词语时，词语中的魔法正好把她限定在对一条河流的冥想之中，河流上空飞翔的蝴蝶也好，还有行走的游吟诗人也好，他们都在一刹那使魔法呈现出飘荡在她嘴角的那种旋律。终于，她的父母发现，她不再是过去的那个无法判断事物的小女孩了，她逐渐用她的嘴

发出她父母过去从未听过的声音，她的声音对那条河流充满激情，对一个苹果的形成到坠落充满激情和伤感……

女孩子如果想要让自己会说话，首先必须学会词语并掌握词语中的许多奥秘：女孩子如果想让自己发出的声音保持旋律的话，她必须尽早地沉溺于词语，最好沉溺得愈深愈好。因为众所周知，只有将头扎进水里去忘记时间的人才会寻找到魔法。语词中的魔法会使一个女孩子发出的声音悦耳，富有节奏，再后来，语词中的魔法也会使一个女孩的嘴唇变得芬芳，它将会使这个女孩子的声音保持着想象和色彩，对别人来说，她的声音将充满魅力。

她恰好是学习词语的好年龄，没有多少东西可以使她在半夜醒来盯着天花板无法入睡，所以，她可以在词语的魔法中——找到一个合适之极的位置并发现魔法是怎样使不同的嘴唇发出了不同的声音，就像几十种鳞翅，表达蝴蝶存在的多种方式。

她潜伏在魔法之中，每每发出的声音都指向另一个点。10 年以后，当她用她独特的声音震撼着别人的耳朵时，依赖的正是这种专心一致在魔法中沉溺的身影。总而言之，从她散发出薄荷香味的嘴唇里，她具备了一种陈述的方式。

她告诉她的母亲，在某种情况下她会出现，她列举了许多种出走的方式，就像几十种鳞翅为什么在空中盘旋飞翔，理由是深红色的、蓝色的、白色的和紫色的，她的嘴唇也不再像过去那样只会停留在一个词的外边，这使她掌握了魔法为什么会变幻词语的奥秘，也掌握了用语词陈述现实和未来，就像一首乐曲一样——发出强或弱的音调是为了准确地直抵你的内心。

心　跳

一个男人闯入她的视野中完全是偶然的，在这之前她从未见过他，当他出现在校园中的台阶上时，她注意到了他，而他也注意到了她并回过头来看了她一眼。这很像一场风暴即将到来，她抱着双臂目送他远去。他是谁？他到底是从怎样漂亮的鹅卵石中冒出来的？他的身影使她感到自己正在上着台阶，她正在跟随他的身影没有什么目的地上着台阶。这个男孩的身影正在生长期，但已经长得很高，这使她想到那个男孩的父母一定很高大。随后的那些日子，她总是去攀缘那些台阶，她希望再次看见那个个子很高的男孩。夏天的雨飘到她面颊上，这是进入大学的第一年，而她的心却怦怦地跳动着，她一点办法也没有，她第一次被一个男孩所迷惑。当她再次与那个男孩子在台阶上相遇时，她对他微笑了一下。她为什么对他微笑，这使得那个男孩也对她微笑了一下。她紧张之极，她的心，那颗抑制不住的心快要跳出来了，就在这一刻，那个男孩又在她的视线中消失了。

这是初恋的信号，使她走来走去，脚踝灼热。她为什么总是想在台阶上见到他呢？她的声音变了，像鸟鸣——在一个半夜，她静卧不眠，那个男孩的影子占据着漫长的黑影，这是初恋即将来临的信号吗？这个心跳不已的女孩——把她的热情的、灼热的心跳投掷到可以与那个男孩相遇的台阶上，终于有一天，那个男孩把上台阶的脚步有意识地放慢。

他停留在她身边了，他听到了她鸟鸣似的声音，他盯着她柔弱的颈伸长、战栗，他递给她一张电影票，这是古老的约会方式，她伸出手去，那张电影票，似乎可以覆盖住她伸在空中的更柔软的手臂，这是幸福的入场券，这是青春期的入场券……她终于可以有一个夜晚醉心于这张电影票，然后等待明天晚上在电影院里再次见到他，并在黑暗中静悄悄地坐在他旁边的位子上。

这是她初恋中的男孩吗？她不知道，她来不及思忖，她也来不及抓住这个瞬间。转眼之间，递给他电影票的男孩又消失了。然而，她已经抓住了那张粉色的入场券，她跑了起来，她在奔跑之中看见一切事物都喷吐着水雾，也看见每个人的脸上都洋溢着笑容……那天晚上，那张粉色的入场券一直伴随着她，她开始初恋了，她正在证明自己是怎样地迷失方向。

触　电

手是柔软的，她的手比他的手更柔软，在一个瞬间里，手似乎可以缩短距离。他如果想了解这个少女的话，必须从她的手开始。她感到那双在过去只属于她自己的带着虚弱的更新和新奇的寻找方式的双手，那双带着私有的抚摸残余有用的双手已经被他快要抓住了。在他抓住这双手之前，她的手除了抚摸过别的事物，蓝色及一堆苔藓和绵延的蘑菇地带而产生过颤抖之外，世界上还没有什么东西可以把她的手抓住，但是他的手准确无误地朝着黑暗中的那双手，那双搁在双膝之间的洁白纤细的少女的手，那双从未被气候或魔鬼所引诱的双手……他真的把她的双手抓住了，这种皮肤与皮肤之间的第一次接触有一种致命的危险在等待着他们。他紧紧地抓住她的双手，由轻柔的抚摸到紧紧攫住她的双手——就在那一刻，她仿佛行走在炎热的印度沙丘上。她想把双手抽出来，这种本能意味着她是畏惧的，在黑暗中，从他抓住她那双手的时刻，她就在颤抖——身体似乎并没有置身在椅子上，而是在充满泥泞的沼泽地里行走。她畏惧是因为她对他的那双手并不了解，因为那双手并不是出世以来就以日月星辰的方式伴随她的植物的茎和空气中的烟云；那双手是怎样的一双手对于她来说并不重要，使她产生畏惧的只是她的一双手怎么就被他抓住了。这种方式一开始就有一种缺陷，因为这是一双突如其来的双手，因为他是异性，她还来不及踌躇、考虑，那双手就已经抓住她了，就像一种看不见的圈套——使她的皮肤受尽了第一次被别人抚摸的震荡。

在黑暗中她一直想看清楚他的那双手，有一瞬间，她的手终于从那团热烈的圈套中投降出来了，仿佛她已经回到安宁的海滩，但她的嘴唇中却有一种灼热的感觉。噢，她的手与他的手竟然有过一种关系，他已经抚摸过她的手了，也就是说她已经感受过一个异性的皮肤了，就像她小时候突然微微转过脸去，对一切事物的变化突然心领神会，但她此刻需要深深沉溺的并不是那双手怎样抓住她，而是她的来自皮肤的细小静脉血管中的那些灼热的畏惧。从此以后，她的皮肤对那个少年和别的异性——产生的诱惑使她真正的青春期生活变得有滋有味。

吻

为什么人与人的嘴唇渴望贴近——这个问题早在多年以前就干扰着她的神经，被她在一个暴雨之夜窥过的场景就像电影画面一样，在她的青春期震动着她四周的暗礁。那个场景中一个男人几乎将头和颈覆盖在那女的头和颈上，，暴雨使他们分开又拥抱在一起，就在那一瞬间，她

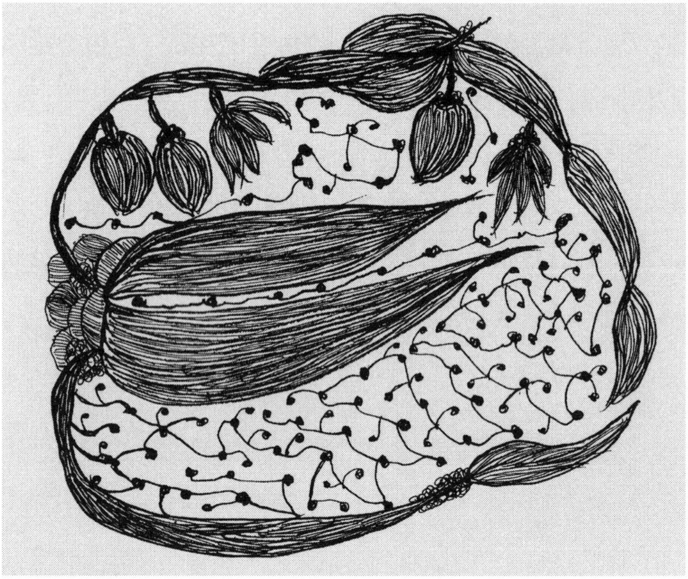

看到了他们用嘴和嘴——相互摩擦并发出了声音，她还看到了那个女人几乎窒息，几乎被他的嘴弄得奄奄一息。嘴具有那么大的力量吗？嘴和嘴比拥抱更让人沉醉吗？这个场景在变化，电影中、画册中到处都重复着类似的场景，接吻到底是怎么一回事，男人和女人的嘴唇为什么会相互吸引呢？

书上也说她咬着他的舌尖，他也咬着她的舌尖仿佛卷入了大海，接吻真的那么神奇吗？她屏住呼吸，在一个银色月光洒在小路上时与他散步，手与手已经可以在无意中伸出然后就牵在一起了。手的诱惑始终像音符相缀又分开。现在，她似乎眯起她在月光下变成蓝色的眼睛，因为她的心在狂跳，而他看着她眼睛的深处。她在等待，所有画面中属于别人的那些唇与唇之间的碰撞，现在就要来临了。

唇是柔软的，但舌尖比唇要更加柔软。她嘴里的气味洋溢而出，她的唇舌开始抽搐、蠕动，突然之间已经寻找到了他的唇舌，天啊，这样的游戏，仿佛把那些不可企及的醉人的东西带来了。她的身体变得无力，她闭着双眼，她开始时还能看到隔着一个银色光环，那边的人在散步，甚至她可以听见空气中洋溢着一种窃窃私语的声音，甚至她可以感到一个精美的幻影也许就是她自己。一个被银色月光所笼罩着的幻影正在尝试着接近她的意识，而唇与唇正从银色月光中上升，使她的躯体在上升，这是她睡眠中无法感受到的最柔软的碰撞。

嘴唇，嘴唇，少女的殷红嘴唇，没有口红的颜色，没有金属栏的遮挡。在一个银色之夜，她用嘴唇寻找到了他的嘴唇，就像她自己只带着自己最原始的唇中之味找到了另一种唇中之味，这是身体中最柔软的部分。但从此以后，嘴唇不再只是说话的地方，也是用来接吻的地方。这个令人难以置信的变化，除了使她感受到幸福的窒息之外，也感受到了舌尖与舌尖的战争之后，他们之间的相互奴役和占有。

打开那道窗户

她已打开那道窗户，对她来说，窗户的颜色是蓝色的。她不仅敞开了窗户，她还从窗户中掉了进去，身体就像蓝色那样轻，这证明她的初恋是快乐的。他抓住她的手，他亲吻着她的舌尖——一次又一次，她的身体在痉挛中轻盈地飘动，这是她真正看到的另一个除了父亲之外占据她情感的男人，她爱他，他也爱她，对此，这个世界似乎没有猜不出的东西。她穿着白色连衣裙轻盈地去会见他，幸福，没有边缘，幸福支撑着她和他，没有乌云，也没有受挫的感觉。初恋是她少女时期的一场喜剧，她幸福得在蓝色窗户中沉来沉去，但并没有落在地上，他拉着她的手仿佛没有什么东西可以把他们分开。

现实就是一道蓝色的窗户，他们手拉手穿过校园，是他给她带来了纯粹的幸福。他们没有房屋，但可以拥有一道蓝色窗户，在没有拥有房屋的日子里，他们一次又一次在银色月光下亲吻。就这样，她心满意足地嘘着气，似乎在说，已经足够了，已经足够了，那些水桶里的水已经注满，那些有色池塘中的影子已经交相辉映。她的幻想之翼只围绕着他，仿佛他是她唯一的异性，仿佛这个年轻人就是她永远的恋人，她沉醉在这种早期的幼稚的还没有经受过时间之水澄清的恋人的身影之中。

快乐是每天都有的，快乐就像树液那样多。只有很少的时候，当他不在身边时，她才体会到孤独，但初恋中的孤独转眼就会烟消云散，因为他的手又伸过来了，并且握住了她。

她奔跑着，直到他的影子被她抓住，这是她全部世界中的世界。没有任何办法可以由此告诉她，她的初恋是短暂的，是不可靠的，也没有任何办法可以告诉她这个男孩子只是用短暂的光阴圈住了她的脚踝，至于她的未来只会是一个谜团。但她置身的幸福却把她笼罩着并吟唱着："享受吧，享受吧，你已经是被初恋所笼罩着无法逃出去的女孩。初恋，初恋，让你的身体在初恋中蜕变吧，把你的幸福充分地吮吸到甜蜜的嘴唇之中去吧，在你没有进入受挫的情爱生活之前，在你的身体里蛰伏着并没有感受到肉的痛苦之前，初恋是你一生中最幸福的乐园。那么，既然在乐园里，你就低下头去，把头埋在他的怀里，让那些虚无之词淹没，因为这样的幸福是多么短促。"

挂在她面颊上的泪珠

一串亮晶晶的珠子透明地挂在她的脸颊上，她体会到了泪水溶在嘴里的滋味，但她的眼泪并不是泡沫，泡沫往往把最绝望的情景展览给人看，而眼泪环绕在她的脸颊上，嘴角只是在她的青春期制造一种畅饮的方式，她畅饮着泪水时并没有忘记已经被她的手所触摸的男友的影子。她流泪了，她流失了，她痛哭淋漓。但这只是她的开始，太阳照着她的面颊，她嘴角的泪水很快就消失了。

她把他的双手抓住，她还是第一次依偎在他肩头哭泣。这是一个易哭的年龄，他拍着她的肩膀，很有一点当年父亲宽慰她的情景，她还是哭，为了一件细小的事情她也要哭，眼泪从现在开始似乎就是她独特的性别方式。她伏在被子上痛哭，她坐在花园中抽泣，她把泪水流在他的两肩，使他不知所措——飘荡进一个空无一人的深渊。他说，告诉我，你到底为什么要哭，她没有回答。直到她哭够了、疲倦了才睁开双眼，她摇摇头，事情已经平息了，她不会再哭了。她的面颊那么平静。

这是她流泪的开始，眼泪总是周期性降临，这使她的成长比男性更有活力。医学上说泪水其实是一种毒的元素，如果经常保持流泪的话会使一个女性永远保持活力，而且善于流泪的女性还会长寿。

但她流泪时并没有想这么多，无法抑制的眼泪是她洗濯内心的一种方式，也是她让别人妥协的方式。男人或女人，看见她流泪自然会心生怜悯，什么事情都会让她三分，这样说也许会使她更委屈。其实，她的流泪与生俱来。最初时，她并不知道眼泪会让别人陷入尴尬之境，陷入同情之境，陷入后退之境……她仅只是一个拥有泪水的女孩，多愁善感的女孩。泪水并没有给她带来泡沫，也没有给她带来别的用途，哭是她的本能，泪是她身体中的一种液体，从眼睛里流出来是一种生理方式。既然如此，就让她哭吧，哭吧，哭吧！不要打扰她，也不要对她说不，也不要嘲弄她，她哭的时候这个世界依然一如既往地前进，她并没有与这个世界过不去。只不过，她生平第一次感到自己已经会藏在角落里哭泣了，无忧无虑的快乐生活是如此短暂，它就像夏天的那些彩色蘑菇一样消失了，而她呢？她却要仿效那些人将泪水擦去。

悬挂起来的偶像

她的偶像日益增多，她是谁呢？她沉浸在拙劣地模仿偶像的生活中，偶像们就在墙壁上，就在镜子里看着她。书上、电视上、街上的偶像是她生活的中心，她模仿着偶像们的发型、服饰、神态，偶像们出现在她潮湿的梦境里，她的灵魂是空的，还未寻找到她自己丰富的独特的东西，充斥在世界中的偶像就已经进入了她的生活。她的青春期被奴役着，偶像们用各种各样的方式奴役着她的生活。现在，她正在将一幅画钉在墙壁上，那个脱颖而出的歌星使她沉浸在伤感的通俗爱情歌曲中，她唱出了她想表达的东西，所以她是她的偶像。而那个影星，他是她生活中的英雄，她已被他的行为百分之百地感动。偶像本源于生活之外的场景，曾经强烈地喜欢过《简·爱》电影中的罗切斯特，那个男人拥抱简·爱时，她也渴望从强大的英格兰荒原上走来的那个嗓音深沉的男人前来拥抱自己，她与自己的意志在搏斗着，她模仿着一切可以模仿的。她不倦的模仿时期使她变成了偶像们的小小“玩偶”，而她呢，迷惑得像一只羊羔不倦地扇动着翅膀想飞高、飞远。准确地讲，没有谁能替代她的偶像，包括她的恋人也不能替代，而且她感到她的恋人与偶像们一对照便相形见绌了，仿佛她已经迷失在一个潘多拉的匣子里，她梦见自己正按照偶像们提供给她的种种方式，把自己固定在一种跳跃似的迷宫中脱了鞋子在跳舞。

但她并没有意识到自己赤裸的脚才是独特的，她同样也意识不到那些偶像们只会在遥远的地方出现，他们并没有在她身边，尽管如此，也仍然困难地裸着脚寻找到那些不可企及的偶像。暮色迷蒙之中，那些青春期的偶像正以不可阻挡的方式把她那颗易于幻想的心灵拴住。她的衣裙飘飘，她的舞步错乱，她的面颊灼热，她的牙齿洁白，她用她漫长的青春期追逐着空中的偶像，仿佛这就是她无法界定的赤裸的脚所圈住的一种诗意的圈套。她沉浸在其中，沉浸在这种幻想的飞翔之中，并没有感受到生活正在把另一种飘忽的形象带给她。那些泡沫，那些把她赤裸的脚所占据的白色泡沫洇湿了她的地平线。她略带伤感地看着那些偶像，经过了很长时间她才发现，偶像们并没有伴随她去真正地生活。

别碰痛我的手指尖

她没有感受到寂寞，寂寞在另一边，这是她青春期的乐园，她颤抖的快乐湮没了嘈杂的声音，也湮没了寂寞的声音。她仰起脖颈说话，她的声音清脆，可以驱走任何阴云，也没有阴云可以乘着她鸟鸣般的声音去蔓延上升。即使她站在水洼里，脚、鞋子和裙边都已被洇湿——她仍然被巨大的快乐包围，她属于那个正被猜着的谜，她属于谜语中心的用赤脚舞蹈的女孩，带着欲念的人并不敢伸出手去抚摸她的身体，他们只敢停留在她鸟鸣般的声音之外。尽管他们的五脏六腑都飘动着女孩青春的元素，但由于她还没有用她的双眼显示出咄咄逼人的另一个隐秘的词语：诱惑。所以，尽管她快乐的身影已经使他们面对她的青春不再沉寂，但她仍然在自由地用赤脚跳舞，她的语言尽管在不断地变换，但她的声音始终来自她自由无瑕的脚尖，来自纯粹的快乐，快乐洇湿了她的影子，使她的青春期发出毫不确定的信号。但他们已经离去，他们尽管已经看见了她艳丽的青春，但他们看到的始终是她的脚尖，一个仅仅用脚尖显示自由和快乐的女孩，带给人的幻想超越了性的幻想，也同时超越了去奴役她、占有她的那种欲念。因而，她可以每天拥有自己的一座乐园，她的青春是一种等待，只有她可以赤脚逃避喧嚣与躁动，只有她的青春期才可以显示在脚尖的线条上，因而，她的青春期显得如此安全。对，什么也没有发生，也没有听到她惊恐的叫喊声，一切都是欢鸣，但又纯净如水。人们只要看见她用赤脚跳舞的情景，他们就会摆脱一切秩序中的空间和时间的概念，摆脱一扇门和另一扇门之间的俗气的歌唱。他们来了，他们又离去。她是谁？她是他们所有人的青春。不能亵渎他们的幻想中已经飘然到来的没有欲望存在的这种自由，那个用脚尖舞蹈的自由，那个快乐的，被快乐所占据的女孩的自由。正是她，使他们的世界从倾斜的镜子、房屋和迷乱的黄昏进入此地，进入了她脚尖的自由之中。

他们离去后，她仍留在原地，她收住脚的线条站在形色明朗的幻觉之中，就在那一瞬间她突然从脚尖感受到了自己的肉体，感受到了脚尖以上的部位，血液汩汩流动。女人总是从现在开始，从她的裸足中感受到了自己的肉体是那么陌生，因而屏住呼吸，等待着自己的肉体引领自我。

图像二：禁色

在一切肉体之上

用自己的双手她寻找到了自己的肉体。当她的双手在漆黑中引领自己上升时，她想起了母亲。母亲总是她在黑暗中想得最多的一个人，因为母亲始终是她的一个亘古不变的意象，像浸透了水的沙子一样母亲始终在一切肉体之上，她的双手触摸到水底的沙粒时寻找到了母亲。而就在这时，那个意象飘忽上升，变成了母亲成熟的肉体，她站在浴池中忘了带香皂进去，她已经脱光衣服，她叫道："……请把那块香皂给我带进来。"于是，那年她10岁，她就看见了母亲成熟的身体，而她的意象也就变成了一种柔软的绿色总是在黑暗中上升。

现在，她开始注意到一种东西了，因为她发现，一双脚承受的是她的肉体，而快乐正是从肉体中生发出来的。当她脱去绣着粉色玫瑰的睡衣，当她隐蔽在浴室的镜子里，她就要到浴缸里的泡沫之中去。这种方式每周三到四次，尤其是夏天几乎每天都要经过泡沫的沐浴她才能入睡，但在过去她从未用双手寻找到自己的肉体。有些事情是朦胧的，是她不曾意识到的，但现在她开始用手找到了她自己封闭起来的意象，她从前无忧无虑地飞着、舞着，直到她的脚尖敏感地回望到了她的身体像一座房屋和迷宫一样并不了解。她怀着深深的好奇，自己开始对自己的肉体做一次真正的引领，双手就像她柔软的肉体中的符号，上帝让人拥有双手就是为了帮助人寻找到物和光圈，但上帝让人最早寻找的却是他们自己。她也是如此，她伸出上帝给予的双手慢慢地往上攀缘，就像蝴蝶用双翼往上飞是为了用飞的高度感受到蝴蝶的自身和它们身体中细小的秘密。每一种生物都必须尽早了解自己的身体，这有助于它们的身体在赤裸之后穿上彩色的衣服，变成神秘的生命。她就是这样按照这种规律用双手上升寻找到了自己的肉体，一个陌生的生命不再陌生，她已经寻找到了自己的双乳和腰，这就像她沉湎于思索之中，她一边轻飞一边回头。就在这时，她知道镜子中的那个人就是她自己，她在浴缸的泡沫中躺进去，她的身体圆润、狡黠，就像她

的聪明无处不在，她的身体柔软、轻盈，就像她的内心变化万千，她的肉体正被她自己所监禁，没有她允许的肉体永远只沉溺于水和泡沫中，得不到她的允许，她将永远不会被人看见。

她的生活开始于那把钥匙

无论她走得多远她还是回到了她自己的房屋之中，她已经不再生活在她父母的房屋之中了。她小时候就曾盼望着这样的时刻，她在四壁之中坐下来，她拥有了自己的钥匙，只有她自己使用的钥匙，她的钥匙就在她手上，她的房屋就在她面前，她的生活开始于那把钥匙。她比男人更适合待在房屋之中，所以她更重视手里的那把钥匙。她生平第一次感到无比骄傲，她有了属于她自己的房屋，钥匙在响，在孔道中转动。从 7 岁开始她就拥有了钥匙的权利，那把钥匙用一根彩绸系在她脖颈上，理由如此简单，如果钥匙丢了，她就无法进屋。每一种事物被她所看见就意味着这种事物不是单一的，就像钥匙，它始终与房屋有关系，没有钥匙也就没有房屋，而没有房屋也就没有钥匙，已被这种事物的最简单的奥秘所迷住。所以，她感觉到那吹拂着她长发的微风同样也吹拂着她的房屋，微风可以把她的头发吹乱，却不会使那座房屋倾斜，这就是她必须住进去的原因，这就是她必须拥有钥匙在风暴来临之前逃到房屋中去的原因。房屋在她 7 岁时也许只是一种积木玩具，也许是她不厌其烦的彩色积木房子。而此刻，房屋是她的什么呢？她开始坐在房屋中等待一个人来，一个男人，她将在这里等他，她允许他敲门，这是因为房屋是她灵魂飘荡的地方，她要让这个男人来会见她的魂。她坐下来又站起，一条红色的长裙中飘荡着她的魂，只有房屋可以把她的魂藏起来。而她到了等待一个男人前来敲门的时刻，她的眼里闪烁着魂的色彩，她的魂只可以在房间里变幻、游荡。因为到了房屋之外，她就会克制着自己灵魂的颤抖，她需要房屋，需要像母亲当年一样环绕着老房子的中心走来走去，需要像无数个世纪以前的所有女人一样用手臂上的那些潮湿的羽毛缀在房屋的墙壁上。所以自从她拥有了这座房屋以后，她就感到自己的魂已经有收藏之地了，自己的那些秘密，身体中的全部气味都将在这座房屋之中。直到她开始决定把那个男人带进屋来。她变换姿势等待一个男人，房屋在她的等待之中散发出去，她的灵魂深藏在一座房屋中，从一开始，她就体会到房屋是由女人设计出来的，它们为着女人存在，为了穿越在不同世纪的女人正在咀嚼的一种滋味而存在。而她呢？她有了房屋，她邀请了一个男人。

禁　色

她已经到了让一个男人抚摸她身体的年龄，这经过了漫长的一种图像的过渡。她紧张地露着自己的颈，而且还慢慢地暴露着自己的上半身，他的手本来就应该在黑夜中抚摸她，因为她像一朵蓓蕾已经开放了。起初他们都笨手笨脚，呼吸、亲吻和拥抱的仪式早已过去了，身体就在面前，一切都在形成她的另一种意象，好像女人生来就是为无数意象而活着的。而一个男人在黑夜中抚摸她的这种意象已经在不久前的一个银色夜晚中变成梦。在梦中，那个男人把手伸给了她，不仅伸向了她的手，还伸向了她的皮肤。起初那双手在她的皮肤上面犹豫了一会，那双手也在寻找勇气，寻找打破这种距离的勇气。现在现实的情景几乎与梦中的情景一模一样，她闭上了双眼。黑夜已经够黑了，但她仍然闭上了双眼。许多年后当她与女友们坐在一起，回忆着第一次被一个男人抚摸自己的情景时，她们都拥有一种共同的情不自禁的经验，当一个男人在黑暗中伸出手时，那闭上双眼的瞬间是她们一生中最激动的时刻，又畏惧又心跳，在等待着那双手，因为她们的皮肤从未被男人抚摸过。

那双手轻轻地降临在她赤裸的肩膀上，她痉挛了一下，在黑暗中他一边抚摸一边开始用嘴接触她的颈和肩上的皮肤。哦，男人，这就是她不了解的男人的另一面，他们竟然是如此地温存，那些驰骋在尘埃、荒漠和时间中的男人面对一个女人时，竟然会用他的嘴唇去亲近她的颈上、肩上及身体中全部的皮肤。她被这种意想不到的温存和他抚摸的方式所激荡着，她那蛰伏在冰屋下的欲望，她那被自己的自由监禁了许多个世纪的身体中最原始的力量，此时此刻就这样被他的吻和抚摸所唤醒了。尔后，他还要把她的身体带进另一种她完全陌生的秘密之中去，她只在教科

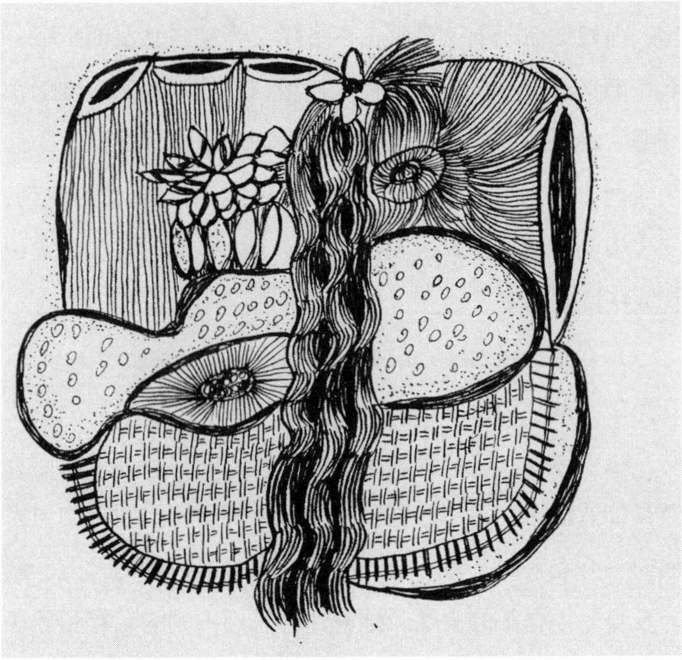

书、传说中、父母的婚姻生活中了解的那些秘密将在此时此刻呈现出来，她意识到自己的身体，她在多年以前感受到的那道窄小而深长的峡谷，现在到了解开这个秘密的时候了。她闭着双眼，想到自己足尖上的自由，而这个意象转眼之间上升在夜色中，房间里的玫瑰花香以浓郁的香味占据着她的身体。当她把自己毫无保留地给予他时，也知道自己将迅速地进入所有的禁区……

触感区域

她已经战胜了禁区，进入了栅栏——用绳子封锁的禁区之中去。身体犹如鱼，但她感到了疼痛，这种来自身体内部的疼痛从一开始就让她感到惊悸，但她却渴望进入禁区的最里面去。女人感受到自己的身体被石头所覆盖就是从此时此刻开始的，从一个男人覆盖她时的疼痛开始，从一个男人的身体覆盖她的身体时她开始了对一个男人的真正触摸，尽管他已经在她身体里了，尽管这种无数世纪的难以割舍和停止的游戏已经开始了，但是她却睁开了双眼，她渴望去了解男人，从他给予她的性和身体去了解男人们的另一种内心活动。

所以，她的身体仿佛躺在沙砾之中，她伸出双手，他就在她旁边。从荷马时代开始就被写进战争中的男人，她是他的一个细胞，他就躺在旁边，在那只白色的贝壳一样的枕头上，眯着双眼，因为爱他们有了性，因为性却使她渴望更深地去了解男人。这个赤裸着的男人，在碰到她之前，出生在何处？他是如何长大的？他儿时的嘴里咀嚼什么？是土豆还是甘蔗还是葱泥？后来他到了哪里？他是从哪一条经纬线上来到她身边的？她贴近他的皮肤，嗅着他的皮肤的味道，这些味道是由什么蜕变而成又附在他体上的？

女人天性就适合去感受男人，所以她们的泪水丰富，在他眯着双眼时，她似乎已经穿越了这个男人在路上的许多事情。然而，黑暗中，她却睡在另一只贝壳似的枕头上，她知道她已经结束了漫长的被她严格监禁的生活，那么，黑暗中她的身体到底发生了一些什么变化呢？

她想了解自己无疑是想更深地了解这个男人，从黑夜中上升的这种渴望使她进入了性，性把一切神秘都变成了一个男人给她带来的那种身体中的潮湿，一个女人由潮湿进入欢快——也就是进入了让她终生迷惘的道路。她从这个晚上开始，从这个给她带来性的第一个男人开始了她用身体承担着一种俗世的痛苦，而这种痛苦正是来源于她对生活的一次次否定，也就是对男人和性的一次又一次巨大的不可靠的否定。但她深知，她是俗世中的女人，她需要他在身边，她要嗅着他体内的那种味道，因为他和她都已经被赋予了一种全新的意义，这种意义从夏娃和亚当的时代就已经开始。她睡着了，从此以后，在她的床上是增加了一种风景还是增加了一种累赘？

唇

寻找口红的那种颜色似乎也在寻找自己嘴唇真正的颜色，而口红的颜色来自玫瑰色——一种迸发在荆棘中的颜色。她记不清楚自己是怎样开始使用口红的，所有的法则几乎都在女人上空盘旋着，口红是如此，它使一个女人的嘴唇变得诱人，它竭力在改变一个女人的世界观，从她的嘴开始改变，颜色斑斓多姿，把她的嘴变成有个性的嘴，使这张嘴恰到好处地揭示秘密、性感和词语。她每天早晨坐在梳妆台前是一天中第一次使用口红，面对自己的那张面孔，凝脂般的皮肤没有任何痕迹，这是她一生中不会为衰老而感到发愁的年龄，这是她可以任意挥霍时间的秘密的年龄。她是那么年轻，噢，岁月是什么东西，岁月给她带来的是嘴唇上艳丽的颜色，岁月曾流逝过吗？经过了潮湿的翅膀被洇湿后的一夜又一夜的生活之后，她的皮肤中的光泽像花蕾上的露珠，而她娇美的嘴散发出香味后再噘起，嘴唇的那种颜色是她正在寻找的一种颜色，因为她的嘴从未像今天这样正在寻找寓言。她虽然继承了她母亲年轻时代的幻想，但她从 18 岁以后就开始寻找。嘴唇闪烁在镜子里，没有谁教会她怎样使用口红，她就已经掌握了口红的那种颜色，因为这无须去梦魇中的深处寻访树林中的炽热闪电，也无须去妇女词典中查询口红的历史。她是谁？她早就对颜色有一种惊人的感受力，对玫瑰和荆棘中的一切寓言深怀敬意，她想使自己的那张嘴不仅仅为说话、食物而保留着位置，她也想让多姿多彩的颜色进入自己的嘴唇，进入嘴唇的历史，就像一棵树可以与另一棵树区别开来，一枝红色玫瑰与另一枝粉色玫瑰永远翘首相望、互相独立。她寻找的那种口红的颜色并不镌刻在嘴唇上，她只是希望口红的那种颜色可以让她的嘴寻找到节制和快乐，一种拥有个性的快乐可以让她的嘴在缄默中保持激情，在诉说中保持机智。

口红的那种颜色——来自玫瑰和荆棘中的颜色使发白的嘴唇得到一种触手可及的满足后的震颤和诱惑，嘴唇上的颜色在面对一个人时，会把他们的视觉带到她的寓言深处去。哦，早晨醒来，坐在梳妆台前寻找口红，为了那一天或一种场景或一个人寻找一种合适的口红，一种愉快的想象把她罩住，尽管，她还没有寻找到那种能使她寻找到快乐又寻找到幸福的口红。

插　图

她在秋天的最大事件发生了，她失恋了。那种海誓山盟的东西突然之间瓦解在面前，她的发缕之间还飘动着几片树叶。失恋是在一个公园中发生的，他们站在凋零的梧桐树下面就这样分开了。噢，对她和他来说都已经结束了，在难以决断怎样将爱情延续的日子里，他们双方都在同一时刻寻找到了要站在凋零的树叶下面，在公园里最后散步一次之后分手。她失恋了，这算不上是什么重大事件，却是她一个人的事件，这意味着那个男人，那个是恋人的男人与她没有关系了。

这种事件可以发生在所有恋爱者身上，而且她早就听过别人的失恋故事，男人与女人上演的戏剧到了结束的时候，台词没有了，背景消失了，恋人絮语乏味了，幕布被拉上了——这就是失恋故事和一个爱情故事的结束。然而，看上去她并不轻松，这个故事上演了那么久，然后呢，就在幕布拉上时他消失了，因为他对她的语言已经说完。她低下头去，她不想目送他消失，这是她第一次感受到失恋的滋味，她看到了那些黄色的树叶在凋零，这使她深感迷惘，她感到她的身体在坍塌，她快要倒下去了，但已经没有什么东西可以撑住她的双肩，她的灵魂空了，这就是她感受到的失恋。

她感受到一切都没有了，他不再属于她了，而她过去曾一度以为他是属于她的。这种失恋对于她来说犹如置身于一片废墟，她过去曾以为她是他的，一件礼物，一把钥匙，一种永远不会消失的东西。而现在一切被改变了，男人是什么呢？她曾经自以为了解的东西现在不再了解了，变成了刺痛她嘴唇的戏剧台词，种种已被承诺的迹象现在消失了。她是轻松了还是走进了废墟，一个人如果真正置身于废墟的话，那么这个人已经被置入纯粹的绝望之中，也许只有感受到纯粹绝望的人才能感受到一无所有的那种平静。失恋也是如此，她后来平静了，再后来她感到她不再是为那个男人而活着的，也不是为她的初恋而活着的。然而，失恋的滋味像酸涩的果汁一样始终使她嘴唇发出的语言变味。过了很久很久，周围的人不再跟她提她初恋的男友了，而她呢，旋转的戏剧并不会终止，序幕落下会重新升起，经过岁月验证，失恋中的那个男人只是这个正在成长中的女人漫长岁月中的一种幻觉和一幅插图。

漂亮女友

女友是漂亮女人，她每星期与女友必须见一次面。她们坐在咖啡屋的中央，喝着纯净的柠檬水。女友有一双细长的眼睛，她总是用这双眼睛注视着世界，也注视着男人。比如，在咖啡屋里她会注意到那些陌生男人，她会告诉她，那个男人很诱人，如果她没有男友的话。女友是个漂亮女人，她听着女友对那个男人的一切想象，并卷入了女友的幻觉之中去。女人之间的幻觉是相互感染的，小时候，母亲的幻觉就曾经感染着她的一切想象力，离开母亲后不再有母亲在她耳边发出丝丝缕缕的声音了。现在，她的女友是一个漂亮女人，她喜欢漂亮女人，当别人告诉她你知道你有多漂亮吗？她就会想起她的漂亮女友来，她会想起女友的嘴唇，她的嘴唇很大，笑起来时很性感，她的腿很修长，这使她穿上什么衣服都很出众。漂亮是一种让你眼眸悦人的色彩，也是一种异常危险的色彩。她坐在她的漂亮女友对面，每周一次，她们就是这样，谈论口红的颜色，谈论流行的时装，当然，她们谈得最多的就是男人。男人是什么？男人已经不再是一个名词，也不是一种虚拟的现象，男人是她们嘴唇的颜色中一个融合着一片巨大光芒之后的篱笆，如果你想真正了解男人的话，只有冒着勇气攀越篱笆，不惧怕它们弄伤你的手和脚才能与男人面对面地交谈，面对面地审视，面对面地发动战争。在她的漂亮女友的眼里，男人是那么多，一定要找一个最好的男人，那个最好的男人无疑在许多人中隐藏着，所以你必须有胆量，跟不同的男人交往、约会，才会寻找到那个最好的男人。这就是她的漂亮女友的生活观，她看见女友的嘴唇上有一种诱人的金粉色，她早就感到了她的女友有好几个男友，正像女友说的她要选择一个最好的男人。她们每次面对，坐在咖啡屋中，谈起这些无法确定的现实，以此为乐。在缥缈的咖啡屋里，她们的年龄正依赖于一种出现，那些出现在她们各自幻觉中的人和事，将是她们用激动的躯体去感受的快乐。这样的约会和与男人的约会的最大区别就是她们不受性别的束缚，她们之间没有目的的勾引，如果说有目的存在的话，她们之间的共同目的就是找到一个倾诉的对象，用来承担她们轻浮的、复杂的、不可知的、热烈的、盲目的、对生活及对人和事的惧怕和幻想的责任。

时　装

她真正沉溺于时装的生活才刚刚开始，世界上没有一个女人不喜欢时装，即使是又年迈又丑的女人也不会拒绝时装，现在我们知道了她的躯体正在享受着时装给她带来的快乐。当她还没有独立时，她钱夹子里还没有几个硬币时她就梦想着有几套自己最喜欢的衣服。衣服是穿在身上的，她从小就穿襁褓，尔后再穿母亲为她亲手缝制的衣服。想到时装，她现在仍然会想起母亲踏着缝纫机为她缝制新年服装时的声音，那种声音永远不会过时，它总是令她兴奋，使她意识到从那一刻开始自己纤弱的四肢就期待着感受从母亲缝纫机的声音中给她带来的快乐了。承认吧，女人的快乐是从幼时柔软的布匹中感受到的，而随着年龄增长，女人的大部分快乐都是时装带给她的，因为女人天生适宜用敏感得像水一样充盈又像树叶一样纷乱的躯体去感受衣服的质地，感受时装中的每一颗纽扣和尺寸，女人天生就是享受物质生活的人，其中，她们沉溺于时装的时间从幼年时就开始，直到死亡降临才会结束。

她找到了一种享乐的方式，走进时装商场。在她独立后的某一天，这种喜悦包围着她，自从她的双脚移动在大理石制作的时装商场的地上，自从她看见了自己的影子从一侧移到另一侧，她的身体就开始了选择，一种悦目的，来自感官的，来自商品对象的——其价值是为了让她从多愁善感和精神幻觉之中走出来，她将享受到活生生的时装，紫色、粉色、绿色和黑色……这些永久不会过时的经典之色。她是谁呢？她是一个女人，她在商场中游走，她在选择中选择，她几乎渴望世界上所有的颜色包围自我。然而，在所有颜色中还有另一个自我，那个自我的原型是黑色、是蓝色、是粉色，所有的颜色都是引诱人找到原型中的自我，她找到了吗？她寻找到了粉色，这就对了，她从幼年时期就呼吸着花粉的味道，粉色——使她的躯体蕴含着一种分散的状态，一种正在寻找的状态，所以，她寻找到了妙不可言的粉色，并且正在享受它。她穿上了粉色时装，她把梦幻带进现实，把听到母亲踏响缝纫机时候的那种期待活生生地享受到了，使她犹豫的那种神态，现在正垂直地向前，她正在粉色时装中享受着新的一天，这一天充满了天气预报中的骄阳以及一片葵花的开放。

我的峡谷有多长

从乐器中发出的声音使喧嚣的一天终于结束了。她喜欢在黑暗中独自一人坐下来，正像她迷恋黑色的萨克斯管中发出的不连贯的、没有任何明确性的、没有编码的音乐语言。黑色的长发披在她肩上，几乎遮住了她的面庞、神态。音乐符号是从乐器中流出来的，而乐器是什么呢？从每种乐器中总会发出无限循环的声音，她的音乐生活开始于一个傍晚，却在半夜结束。她弄不清楚自己是喜欢肖邦呢还是更喜欢莫扎特，肖邦给她的音乐生活带来的是在黑暗中游荡而去，就像被成群的飞蛾带领着游荡在夜色弥漫之中的灯罩和井栏边缘，以及游荡在一个阴郁的人的眼睛深处。而莫扎特则不同，他带来了明快的翅膀，那些在阳光中飞翔的翅膀经过一座城堡只停留了一会儿，又飞到一座公墓的草地上去了。肖邦给她的音乐生活带来的是游荡，而莫扎特给她带来的则是在阳光中找到了弥漫中的城和弥漫中的喷泉。前者带来的是夜色中柔和的手臂，用来拥抱成群的飞蛾死亡碰撞的手臂，后者给她带来的则是某种愉快的，全身心充满阳光弥漫的那种生的震颤。

音乐使她度过的时光是从乐器中发生的，响声使她的心灵趋近一个水池、容器。经过音乐生活的音符的融合，谁也不知道她到底找到了什么？黑夜里她的双眼熠熠发光，既有忧伤的内容，也有一种错乱，但谁也不知道音乐对她的生活来说意味着什么？

但这个女人停留在乐器发出的声音之中，每周有一个晚上，音符是一条线或者是她从未经历过的一条线。对这个女人，一条线或多条线意味着一层层波浪，一个渴望着去波浪中找到石瓮中的纹路的女人，潜意识中已在飞，因为飞可以把她的痕迹留下。当她在萨克斯管中触摸到柠檬色的波浪时，她的躯体已经经历过一种不同地点、不同季节、不同气候的地理中的图案，已经经历过山脉和来自南方大峡谷之间的风景，并被这些风景弄得疲惫不堪。不过，她的心灵，她被乐器中的音符所辐射过的心灵，已经婉转地结束了一种感受，对一种风景的感受，对一条云间小路的感觉，对一种容器的感受。

一个女人如果已经不能离开来自乐器中音符的启示，那她已经不能离开她躯体中溅起的音乐符号，这说明她已经在飞，她已经开始在了解世界的同时了解了自我。

花瓶中的刺

在她的卧室和每一间房子里总能看得见一只白瓷花瓶，它的造型非常简单，花瓶中无论春夏秋冬总有一种鲜花，无论鲜花的颜色怎样变更，它还是玫瑰，是那种连荆棘都保留在花茎上的玫瑰。作为一个把玫瑰和它的刺带进屋子里来的年轻女人，玫瑰对于她来说，肯定与别的鲜花不同。每天，高高在上的玫瑰从白瓷花瓶中散发出来的香味沿着玫瑰的刺弥漫过来，到了她的呼吸之中并不是要主宰她全部的生活，但确实已经使她的空间有一种阴影般的东西，宛如夜灯的流苏在有节奏地摇曳。玫瑰面对着你时，你会感到一种忧郁的浪漫、一种古典的浪漫、一种永不过时的浪漫，而正是这种浪漫在她那纤长的脖颈伸直或侧转时被感动着。一个因玫瑰的刺和它的花瓣而感动的女人，这个年轻女人，穿着白色睡衣似乎要在玫瑰的那种阴影之中寻找到令她踌躇的小径，当她抬起头来时她看到衣柜中一件黯淡的衣服，再往上，她会看到自己的相册。女人，更多的女人都会喜欢玫瑰，她们喜欢玫瑰甚于喜欢柏树和高高的群山，她们喜欢玫瑰甚于她们喜欢宽阔的红河和赤褐色的车厢。她们只用白色的瓷花瓶，就挽留住了在辽阔的英格兰土地上生长的玫瑰，她们使瓷花瓶置身在显赫的位置，注视一切细节，容纳一切诗意。一个女人的卧室中的一只花瓶和里面的玫瑰——互相致以那种古典的诗意的问候，最后她们被隐秘的白昼和夜生活覆盖着，在玫瑰中安然入睡。

这是隐秘所发出的快乐，直到有一天，另一个人送给她一束替代爱情絮语的玫瑰。不过，她已经有清醒的对玫瑰的那种意识，也可以说这个女人她有意识或许无意识地已经用身体感受到了玫瑰中的那种古典诗意。所以，无论在今后漫长的命运变化中，那些别人送给她的玫瑰意味着什么，对于这个女人来说，玫瑰就是玫瑰，它是她身体感受到的那团阴影，在木制房屋之中发出鸣响，它是一条丝带上的颜色，使她在晕眩中奔跑，而且它最为重要的事就

是每天晚上从她卧室的那只瓷花瓶中发出香气，使她能够独自融入玫瑰和它的荆棘的矛盾之中去，穿过光与影，因为她几乎无法解决玫瑰和荆棘的矛盾。于是她呼吸均衡的脖颈仰起来，女人，尤其是她这样的女人天生就适宜生活在玫瑰的矛盾之中。

剃了胡须的男人

她知道尽管她生活中到处是男人的身影，但她承认她仍然不了解男人。男人是那种放在社会中的东西，男人不需要玫瑰，也不需要白瓷花瓶，他们生活在粗糙的花岗岩石下面，她认识的另一个男人就是从花岗岩石下面向她走来的。他有很坚硬的手掌，他虽然剃了胡须，但可以看得见他胡须的根在他的面颊上生长，她见到他的那一刻完全被他的降临弄得昏眩。在这个男人未降临前，她似乎一直生活在初恋中，她对男人的有限的了解来源于她的初恋，来源于那个在校园中踢足球的男孩，来源于那个初恋男孩给她带来的不成熟的那种战栗及不成熟的分手。现在，一种新的激情，他的出现，确实会让她想到粗糙的花岗岩石，这使她感到他来自花岗岩石中的一条泥石流小路，她的那种敏感和想象为什么会出现花岗岩石、泥石流小路呢？因为与她相遇的这个男人不是那个少年似的男人，而是另一个男人，她可以窥视到他面颊上胡须的根，她可以在他的嗓音里感受到这个男人已经走过很多的路，她被她未了解但他身上散发出来的褐色的痕迹带进了一种微颤中，这是她失败的初恋结束之后，她感受到自己身上被他所激起的一种迷惑的喜悦，她没有任何设防就跟着他走了。

男人是她永不了解的一种异类。对于她来说，直到死她都不了解男人，所以她才会跟着这个陌生男人走。那天夜里，他可以把她带到任何一个地方去，因为她被他迷住了。那天夜里，他带着她在夜色中散步，他们从城东走到城西，她穿着白色的高跟鞋，她甚至感受不到自己的脚痛，也感受不到时间的消失。而时间确实在他们脚下消失了，后来他带着她来到他的住所，这是她第一次来到一个男人的住处。那天晚上他们又坐下来喝咖啡，除了喝咖啡他们什么也没有做。但就是在这天晚上，他们因为一见钟情而有了第二天、第三天的约会……在以后的约会中，他从未告诉过他去过花岗岩石的山脉，他给她讲述一些零星的故事，但她知道这不是他的全部故事。

男人，开始侵占她的肉体之外也同样开始使她迷惘，在爱情之中的迷惘从每一场约会的开始到结束。男人们的身体从社会的摇篮中会给她带来一些坚实的东西，比如：法律、尊严和位置、竞技场。但有一点她无时无刻不在感受到男人们都喜欢竞技。

迷失在雾中

从最迷惑和喜悦的那一刻起，她的脚会有意识地走向街道，街道除了是她可以自由逃亡的一条无穷无尽的线之外，街道对她的生活有着消解和融合的作用。在飘荡树叶的人行道上，她穿着雪白的高跟鞋的脚似乎想横跨过一道长长的绿色烟雾。不仅仅是她踽踽而行，街上到处是女人，女人无论是年老的年轻的，在房间里无法适从时，在面对人无法用嘴尖叫或解释端倪时，总会跑到街道上来。她们穿着不同颜色的鞋子，无论在夜色中还是白昼的阳光下面，她们似乎想依偎着街道，做一只迷失的羊羔。只有女人才能穿越绿色的雾，因为只有女人才会迷失在街道中，独自或者成群地飘荡进一团雾中——做一只羊羔。

利用她的脚在行走，街道上到处是商店、塑料的模特，到处是陌生人和诱惑，她走得愈远，那种感觉就更加深刻。她忽儿会遇见某种奇特的时装，她会摸一摸有没有把钱夹子带来了，她对她喜欢的奇特的东西，时装、首饰或吊篮有一种无限的占有欲，它们从来都不是多余的，因为她钱夹子里面有限的钱可以让她获取她喜欢的物质，她梦寐以求的物质。占有了一件东西，她当然不是那只羊羔了，她像许多女人一样保持着一种个人状态，她找到了心爱的物质，她仍然在街道上行走。她利用她的脚行走，那双高跟鞋所发出的声音混合进胶轮、人语、车鸣的声音中去了。她被城市的无限延伸的街道湮没着。她经过一只邮筒时会看见一双手扬起一封信向邮筒中投进去，那只浅绿色的信箱和那双手给予她多少温馨的想象，她会想着给某个人写信，她将用一种特别的语言给一个陌生人写信。于是，在她的高跟鞋移动向前时，她不再感到自己体内的那种无所适从的孤单了，她不断地行走的街道让她的脚寻找到地上的零星亮光：邮局、商店、美容院和乐器大楼，她感到她由一只小羊羔变成了一个享受时间和想象的人，时间就像邮车上的滑轮把一团摩擦中的、闪耀的阴影带进来，也同样把她的想象中的一封信和一支手电筒带进来。街道，她穿行在街道中，在拐弯处她也许会与过去的恋人擦肩而过。哦，时间，在她脚下，在她的脚铃下面响动。她来自阁楼，她已经可以暂时忍受她的脚把一些泡沫带到水洼中去的过程，因为街道那边也有方形的地板、大理石的地板。

女人正沉默或眺望

你如果没有学会眺望并保持这一习惯，那么天知道你的生活有多糟糕。眺望，是将你的头仰起来，从你置身的位置开始，渐渐地将你的视线凝视着篱笆，凝视着远处的窗，凝视着你想象中的或者已经看见的一场戏剧性的化装舞会，有时候你会凝视着看不清楚的人……当她学会了眺望时，她总是站在她自己的阳台，分散在视野中的更多东西只是羽毛、风筝，而人是模糊的。她感到自己的眼睛对眺望中的事物的存在无能为力，因为一切模糊的事物包围过来时，她正受到限制。阳台限制着她，这就是她，一个女人在虚无中的状态。她与那些男人在一起，她站在阳台上，她眯着双眼，她眺望着，她看到了一些半明半暗的东西蠕动着，她试图用自己遥远的身体去感受羽毛飞还是没有飞，人在对面晾衣服还是在佯装微笑，一只萨克斯管在那个半明半暗的人手中有没有把一支曲乐在片刻消除殆尽……男人们正在用拳头碰撞别人的肉体时，她对词或一个意境开始梦想，不是用她的眼睛去梦想，而是用她身体中流过的源泉；不是用童年时期父母告诉她的辩证关系，而是用她身体中的翅膀恢复了那些半明半暗的新的关系。

当她学会了眺望，学会了用眼睛感受外在事物的存在，哦，那个在阳台上演奏萨克斯管的人，也许是一个小伙子，也许是一个中年人，他每天黄昏出现，那只黄昏中的萨克斯管是一种半明半暗的不朽的意象。还有那个晾衣服的女人，她对面阳台上鲜艳的衣服和晾衣绳，对于她来说是否意味着一种世俗世界的镜子。她总是感到那个女人美丽、热情，但她同时也感到了那个女人的手指变得粗糙，

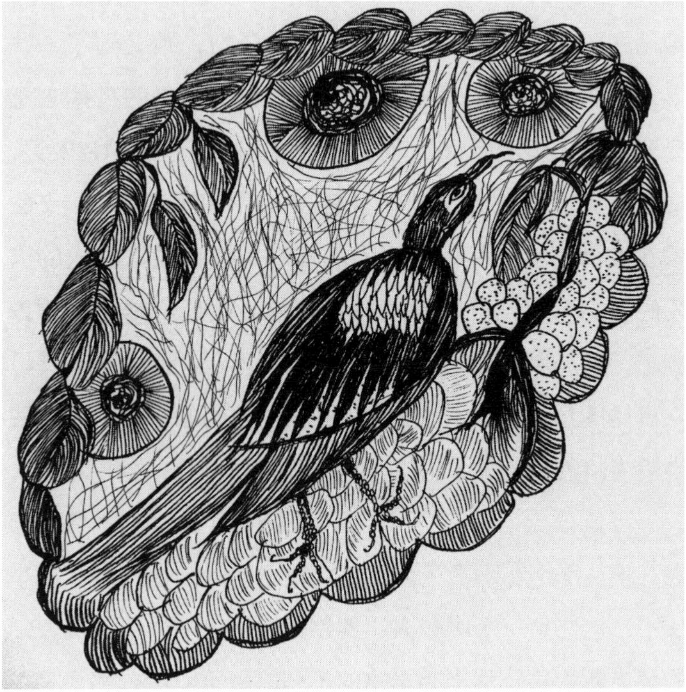

那个女人的腰也开始变粗，但是她仍然拥有那些异常鲜艳的衣服，拥有那根牢固的晾衣绳……哦，眺望使她梦想有一种更大的力量。在半明半暗的视线中蠕动着的只是他们留给她的微弱光芒。她眯着双眼，又闭上了双眼，转眼之间，黑暗上升之后，什么事和人都看不到，许多东西变成了黑暗。那么，在睁开双眼重新开始眺望之后，纯粹的黑暗，来自宇宙中心的黑暗会不会使她的身体变得更凉，或者变成一种悖论：她看到了并没有存在过的事物，而人呢？女人正在沉默，在眺望中沉默是因为黑暗已经来临，她要保持沉默。

来自绳索的力量

绳索是用来捆东西的。当她第一次看到一根麻绳在一个人的手中循环着，转眼之间就将一只庞大的木箱捆起来时，她只是感到了那根绳索的作用。但她的词汇中增加了一个词，一个无论在何时想起来都可以感受到将一件庞大的物体捆起来的词。

由一个女人来承担一个词和一种场景的重量，这有点残忍，但似乎过去了无数世纪，只有女人才会对绳索表现出巨大的想象力，也许女人的身体更容易感受到一根粗糙的绳索的境界。事实上，很多女人并没有用绳索捆过自己的身体，她亦是如此。绳索只是一个词，但通过这个词，为什么，她越来越感到，自己的身体已经被捆起来了呢？实际上，这也是一种梦想，她设想着自己的身体被捆了起来。“梦想是想象力的一种记忆术。在梦想中我们接触到命运没有可利用的某种可能性。”绳索在一个女人的历史中反复出现着，她睡着和醒着时经常梦见自己被捆起来，而把她捆起来的正是绳索，好像是被一根绳索支配着，实际上有另一些女人也在说我的绳索是一道道路，我的命运就是一条绳索等等。她是在看见绳索之后了解了绳索的性能和用途，绳索好像与她的未来有关系，好像正在展开，试图席卷过去。那边就是她的生活，正使她的脖颈和腰扭动着，她的生活不是一个词，而是堆集在身边的现实：针线、果核、闹钟、异味……所以，当这些东西包围她时，她在无意识中想到了那根绳索。

一个女人和一根绳索联系在一起后，是不是她就真的等待着一根绳索将她捆起来呢？事情是这样发生的，许多事情后来取自一双手的触摸，她在一个早晨抚摸到了一根绳索，那根绳索就制造了关于她命运的一种神话。命运中的那根绳索属于她体验生活中的不可磨灭的记忆，每每她感到躯体疼痛时总感到是那根绳索捆住了自己，每当她感到自由远离自身时，她也把这种危境归纳在一根绳索所激起的浪花之中。一个女人面对一根绳索，在她的身体用旋转的记忆本身激起枯燥乏味的生活时，绳索是多么疯狂。她需要一根绳索捆住自己，这是她的神话，是她说服自己受苦役的神话，没有这根绳索，她那女人的肉身中就缺少一种疯狂的旋律，这是她用身体感受到疼痛的又一种可能性。

一个成熟男人的手

一个成熟男人的手降临到她的世界——从统辖的全部记忆出发，开始进入到一种诗性与幻象的更真实的结合之中。她让他自由地抚摸着她的线条、皮肤、灵魂，正像女人渴求了解男人一样，男人也想了解她身体和灵魂结合之后的现象。她脱去鞋子，女人只有在赤脚时才会进入一种正在绵延的时间状态之中，她赤脚面对着他的目光，她把更原始的一种符号交给了他的目光。一只手的又一种抚摸使她的身体中热忱的器官活跃起来之后，她是春天的树，她是春天的花蕊，她是春天的诗歌，她是春天的仓库，她是春天的蝶翼……任何男人都会对她此在的身体和那双赤脚发出叹息声。这对于她来说太幸福，她的脚和灵魂在一生中从未像此刻这样开放，没有谁能够禁锢住她身体中的热情，那种热情勾引着那双手。这时一只手伸向她，在过去和未来，她的身体从未像此刻这样可以激起他的全部灵感。那只手伸向她身体中的涟漪构成的花束中，明确地意味着一种时间的功能，时间在她身上停顿下来，时间是可以看见的，透过她那富有弹性的腿和乳房，时间是透明的，这是一种拨动人心弦的时间，这是她感动一个成熟男人和他的一只手的时间。除此之外的时间，是一线不知来源的微光照在她已经涂上红色指甲油的指头，照着她起伏的乳沟中的一块玻璃，照着她在阴影中晃动的一张开始有个性的面孔。

她想让那只手触摸她，在黑夜中永不停息地触摸到她的身体产生幻觉的地方，在孤独的梦想深处产生回忆的地方，那敏感的地方——使她在缓慢和轻柔的节奏中感到地球是圆的。屋外火炉上的那只铜壶正喷着水汽，水已经沸腾，外面的黑夜已经变蓝，遥远的炼金术士正在熟睡，只有让那只手触摸到深渊，她才会爬起来，她的身体才会按照原型复苏，并睁开她的双眼注视着。那双手已经停止了触摸，那个成熟男人开始说一些令她迷惑的语言，他谈到了婚姻，她听着，他开始向她求婚了，“从宁静的幻想呈现出的那双黑莲花般的眼睛”睁开看着他，他开始用一种方式束缚她了，无论她怎样挣扎，那个男人总在说，他用超过他的那只手触摸到她深渊的力量说，他要娶她为妻。这是幸福吗？这是一种古老的语言开始束缚住了她的赤足。

关于女人

时间旋转到这里，诱惑便开始干扰她宁静的生活，也开始独立地进入这旋转之中。对于女人，诱惑永远在前面等待着她，对于她来说，来自婚姻生活的诱惑已经使她开始进入了对生活独立的冒险之中去了。所有关于婚姻的诱惑都来自一座传说之中的“城堡”，一座每个人都竭力想走进去的布满光环也布满陷阱的“城堡”——悄悄地等待着她在潜意识中稍不留神就会跑进去。关于这座“城堡”——每个人都在不厌其烦地谈论它里面的死亡和虚无，每个人也在谈论它里面快乐的旋律。这就是诱惑，没有经历过的东西对每个人来说都是诱惑。

但她已经做好了准备，因为她已经无路可走，她和一个男人的爱和肉体关系已经达到了不能超越的程度，既不能超越爱，也不能超越肉体之恋，就在他们的前面，有一个豁口等待他们进入，再往前去就可以进入那座传说中的“城堡”了。她站在他旁边，她已经被他的目光紧紧束缚住，她不能逾出他的目光之外了，她来不及探索时间为什么停顿在这里，停顿在一座“城堡”之外，因为她永远看不到一种否定的源泉在哪里，也找不到一种说服她自己的差别在哪里？

诱惑使她宁愿被他的目光紧紧束缚住，她和他不停地走，她一步也不能离开他，他的束缚成功了，她对他说，我是你的，我永远是你的，她不知道她幼稚的诺言就像微风经过一样轻浮，她不知道她的灵肉根本无法承担这些诺言，但她同样听到了他的诺言，他说着同样的话，从石头和海浪声中飘过去。她和他紧紧相拥，谁也不相信她和他有一天也会相互厌倦，谁也不相信时间是一种孤独的问号，在时间中，永远——一个多么艰难的词。但他们已到了“城堡”之外，尽管他们看到走进“城堡”中去的许多人正在冷漠地走出来，脸上没有任何表情，也没有辩护词在他们身后飘荡。尽管他们看到了这一切，似乎也意识到了这一切，但死亡属于另一种与他们无关的东西。哦，死亡，他们否定着这个词，相拥着继续往前走。

来自一座婚姻“城堡”的诱惑是一切诱惑中的诱惑，他们的目光交流着一种即将进入“城堡”的幸福和喜悦，而她呢？她深信她是他的女人，是他的永远。由此，他和她进入了一座幻想之城，进入了一座诱惑之城。

幸福的脚链

让她客观地进入她所想象的一座金粉色的婚姻“城堡”之中去——然后再让她的脚戴上脚镣，也许会轻一些。是银色的链条，即使放在月光下，也会发出像月光一样的银色，把她的脚的直径和舞蹈的轻盈弧度束缚在那根银色链条之中。而在她的头顶和四周，那层金粉色的色彩已经笼罩住整座“城堡”——婚姻生活开始了。她呢？她确信幸福正像一副爪子已经抓住了她的心，她的重量在增加，她可以依偎那个男人的肩直到永远都不会疲倦和后悔，这种魔鬼似的乌托邦生活给她带来了伪造的、无法推翻的、古老幸福的花园。她眯着双眼，她结婚了，她像别的女人一样结婚了，她像别的女人一样钻进了蝎子们爬行的瓦砾下面。她的小腿颤抖着，她披着雪白的婚纱，她被幸福宠坏了，她手上的那枚来自婚姻的戒指在炎热的头顶的花园中发出光环，幸福使她的脚链发出声音。她抬起头来，那个男人正举着酒杯，一生一世还不够，她要跟着这个男人饮下一世的幸福之杯。

而婚姻的城堡，发出金粉的颜色——无时无刻不让她

沉醉着，很难想象这个世界还会有人发出歇斯底里的喊叫，也很难想象世界之外还会有苦难在一条路上成为唯一的螺旋。让她客观地进入这座“城堡”之中吧，一个家庭所需要的所有物质都均衡地树立着，新瓷器和马桶，新的挂衣架和厨房里的餐具。一切都是新的，没有历史和痕迹的家庭用具，它使她和他的心灵到达这块领地，这里就是她与他相互纠缠的地方。此刻他们把呼吸抛进一只镂空的花篮之中去并在里面做茧；此刻他们絮絮叨叨的声音像已经拆开了的网嘴；此刻他们不厌其烦地把内心的那些沙子，把骚动的神经全部都堆集在他们家庭的一隅；此刻他们已经发明了一种家庭的游戏，在游戏中他们听到了瑟响和噼噼啪啪的声音……

依偎在一起，她自然想起了那根绳索，她原来以为绳索只会拥紧她自己的肉身，而此刻她发现绳索把他们俩同时捆了起来……他们咧开嘴，微笑着，因为并没有感觉到疼痛，所以他们感到，那颗自由无羁的心终于可以停留下来，永驻此地了。

让她客观地去进入金粉色的“城堡”之中吧，她是它的暂时的奴隶，睁着双眼，听着扑动、瑟响的声音犹如穿过了她的肉身。

他是她的世界

他是她的世界，是她唯一的最重要的世界吗？她独自一人时，她已被他束缚在高高的红轮子上，她骑在轮子上，眯着双眼。她在幸福或迷惑时总是眯着双眼，她起初曾沉溺于他的气味之中，各种各样的气味既发自他的内心，又是他从外部世界给她带回来的，那些气味有木质的——似乎是从一座森林深处的伐木场带来的。有时，他带回来的气味有泥巴的味道，她知道他一定驱车去了乡村，他到乡村去干什么，她一无所知。她还嗅到过一种奇异的味道，一种似乎是从锈铁中散发出来的，那么他与那些锈铁又有什么关系呢？有一次，她在他的衣服上发现了一颗干了的鸟粪，她嗅了嗅，鸟粪已经没有味道了，这说明他跟鸟类接触过，起码到过鸟飞行的森林或者去追踪或捕杀过鸟群，但她迅速地推翻了后者，他也许追踪过鸟群，但决不会捕杀鸟群，因为他是鸟类的热爱者之一……许许多多的异味从一个男人身上散发出来，她开始困惑了，他到底是谁，他是从何处来的？

她贴在他的胸前听着他的心跳，她困惑是因为她对他充满了爱。爱是一个抽象之词，她想更具体地、更深入地研究她所爱的对象，所以她发现，这个男人给她带来最多的就是各种各样的气味，头发中的，衣袖中的，衬衫中的，肉体中的气味——而且今天的气味跟明天的气味不一样。他到底去了何处？他是从哪里来的？但她听到了他的心跳，他闭上双眼，她也闭上双眼，直到第二天，他们从家出发，到不同的地方去，为了活着这一长久的谜——为了去寻找谜的方向和多种的解谜方式而努力。

但是味道愈来愈丰富，她给自己搜罗了许多线索，男人，与她朝夕相处的这个男人他始终在一条泥路中行走，他喜欢锈铁和空旷的荒野，于是他就把泥和锈的味道带了回来。他还喜欢到林子里去抓鸟，抓住之后他又把它放走，他并没有将一只鸟从林子里带回来，但他却带回了鸟的粪便。哦，她想象她身边的男人是一个自然之子，她的双眼已经潮湿了，但这还不够，她仍然眯着双眼或将双眼睁开，她仍然不知道这个男人到底来自何处？

那团影子过来了，她拥抱住的那团影子已经在现实中向她靠近，他来了，他是这房间里的一个男人，正同她共同咀嚼着各种各样的果核。

有一个人一直在她生活中存在着，他从未与她的感情发生过关系，也从未干扰过她的现实生活：过去和现在已有的婚姻生活。但每相隔一段时间，他总会约她到一个宁静的地方，喝咖啡，聊天。当他每次约她时，她从不拒绝，而且无论有什么事总是从不失约。这个人已经在她生活中存在好久。现在，他已经在一座咖啡屋等候她，这是星期天，刚好她的丈夫在家，丈夫问她到哪儿去，她说她要去会朋友，她省略了另外的解释，她不愿意让他知道——有一个男友在咖啡屋中等候自己。这是她的秘密——这是形成她秘密的方式。一个秘密是需要在克制中保护它的，并且秘密如果一泄露就失去了它的作用。她从一开始时就珍惜她与他谈话的那座咖啡屋，仿佛她从来不希望有谁会了解她那极度敏感的秘密深处的那个人和那个人给予她的一切。所以，她总是寻找另外的理由出门，她会像与恋人赴约一样认真地对待她出门前的准备，口红的颜色和衣服的颜色必须搭配好。随着一种心跳的节奏，她也弄不清楚她为什么走在一条赴约的路上时还会心跳。那座咖啡屋是他们经常见面的地方，过去和现在都一样——她走了进去，她的角色已变，但她的目光却依然环绕着那个坐在咖啡屋一隅等待她的男友，不，更确切地说，他是她生活中的密友。

两杯浓咖啡面对着他们，他们的约会就这样开始了。每一次面对他，除了倾听他谈话之外，她会发出一种连她也无法想象的语言，从她那字字珠玑的语言中生出一种潺潺流动的韵律。而他呢，坐在对面欣赏着她，她和他之间总是在每一次约会中把困惑他们各自的一些事倾诉而出，结果是一阵肃静。后来他们开始让各自的心灵带去一种语言，犹如荒凉的喜马拉雅山的峡谷中突然响起了一阵钢琴的声音。喝完那杯浓咖啡之后，他们站起来，他们有一种强烈的克制能力区别他们各自分手的路线，在分手的一刹那，彼此想说什么，但他们一次又一次地省略了那些语言。正因为如此，他们之间才会有一次又一次的约会，有一杯又一杯的浓咖啡伴随他们去说话、交流。

他是她的密友，除此之外，她对他的那些幻想似乎只停留在想听到荒凉的喜马拉雅山的大峡谷深处响起的那种迷人的钢琴声，除此之外，关于他们的未来，她不得而知。

在峡谷之上

也许是在一次黑暗的旅行中，那时他们抵达了一座被玉米地所包围的乡村旅馆，那天晚上他们站在乡村旅馆的温泉水中沐浴，后来，他们回到旅馆，在没有灯的旅馆里，时间也就此停留下来。他的疯狂也许来自窗外飘着的那些神奇的栀子花的味道，他的疯狂也许来源于金黄色的摇曳的玉米地。那个夜晚，他把她的身体一次又一次濡湿，一次又一次地使她的身体浮在峡谷之上，而不是峡谷之下——就在那天晚上，他给她带来的那些成群结队的晶体使她的身体受孕了。

这是一种疯狂所带来的结局，只有疯狂的性事，才会让一个女人的身体感受到月色明朗如初，才会让一个女人的身体仿佛在钢琴下面发出箴言。而那个时刻，她的身体在摇曳之中已经潜行而过，就像一滴水可以使一条缝隙生长出一株植物一样，她就是在那个乡村的夜晚发现自己的身体中有了一种痉挛的震动。她并没有弄错，她知道自己

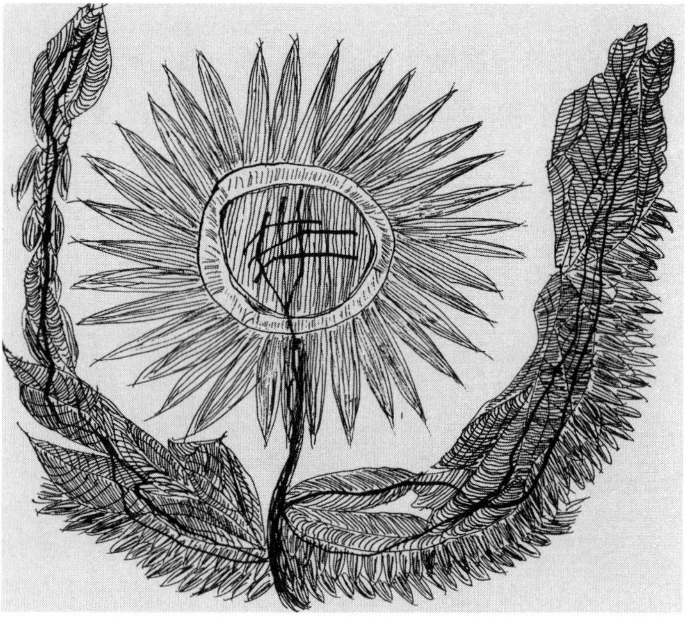

的体内发生了变化，就像一首歌中唱道：我打了一个不经意的喷嚏，我手中得到了一粒种子。

这就是那粒种子。她站在石瓮旁边，她的秀发直至她的嘴唇力图穿透一个新的意境，在开满了天竺葵的石瓮旁边，她仿佛站了好久好久，这是不是就是她母亲的经历呢？一个时代又一个时代过去，她只是其中的一个人，并不是最后一人在得到了一粒种子后——命运已经被改变，她的身体开始显得沉重。

世世代代，男人会不会感受到一个女人受孕之后的那种畏惧和喜悦，他也许会感受到。但他们的身体与女人天生有天壤之别，所以，男人并不会站在开满了天竺葵的石瓮旁，男人可以用脚踢响一颗石子，但男人感受不到一粒种子在打了一个喷嚏之后掉进了手心。

她的身体漂在峡谷之上以后她就怀孕了，世上的女子总是在出乎意料之中展现出与男人不相同的古老的、明显的差别。尔后，她得坚持不懈地，从头至尾按顺序，按照人类亘古不变的那种顺序，踯躅在他们金粉色的城堡的石板路上，把那些字母从头到尾写出来，而且在众目睽睽之下她得仰起头来，像她的母亲一样把影子投在地上，就像脉搏的又一阵跳动，她还得做好一切准备，物质和精神上的准备。

宫中的幻想生活

她停了下来，她的步履不像从前那样轻盈了，现在，她被圈在其中了，任何人也无法将她召唤而出，她的“历史就是在这里形成的，不是在别的地方”。但她的历史也是在这里蜕变的，另一个模糊的人穿透黑夜而来，那个孩子是她的肉还是她的灵魂？她无所顾忌地用肉体感受那个孩子，孩子已经用脚踢她的腹部，她有一种喜悦，她把这种喜悦首先告诉给了她身旁的这个男人，他伸出手去，将手覆盖在她的腹部上，这是一个永不厌倦、永不会磨灭的时刻——他们正是在这一刻懂得了与人和物相处，并且懂得了储藏。他们尽可能地在孩子未出生之前准备孩子的小床和尿布，尽可能地安置一个生灵的洞穴，在洞穴中有缝纫机、苹果、干酪、玩具。一个未降临的生命，使他们之间那种早已存在的乏味的生活变成了乌托邦。每一个人在不同时期都在寻找一个乌托邦，找不到这个乌托邦时，他们会对生活产生疑虑和厌倦，他们的生活中一旦出现了乌托邦，他们就会触摸到一只果盘似的圆圈存在着巨大的圆圈和深度。实际上，他们是在寻找一种永恒，而那个孩子会是他们之间的永恒吗？这是他们之间的肉和他们的血相融的一个生命。

她挺着腹部，仿佛想一跃而起，在凸凹处寻找到那个孩子出生以后的一切线索；在凸凹处，啊，在那阴和阳所照耀的凸凹之处，这就是她的腹部，有一片涟漪，奇妙地，似乎井然有序，事物都在其中更变、消失。

在凸凹之处，是的，这就是她身体的一种组成部分。在体积和深度里，这就是她平常所做的一件又一件事："目光深深地侵入那只果盘，在那儿打开一蓬花球，在那儿撷取一束花穗，玩味领略一番之后，又返回他的眼窝。"这是弗吉尼亚·伍尔芙的感受。而她呢，她也在感受那个孩子在她腹部深处，天啊，这就是凸凹，人类就是这样不厌其烦地繁衍、生殖，然后有了凸凹，有了她身体中潮湿如水的峡谷。然后呢？那个孩子用脚踢着她的腹部，寻找着凸凹，然后呢，她心满意足，神色端庄地从涟漪中脱颖而出。

事物消失了又回来，究竟发生了什么事，事实是只要你找到了凸凹，你就会嘘一口气，身体中潜在的魔力比任何别的时候都会听从你的支配，那个孩子也会如此。

孩子从她的子宫中掉了下来

孩子从她的子宫掉了下来，一块襁褓把那个孩子的肉身裹了起来，她的眼里射出兴奋的光彩。当她躺在分娩室时，她的两手抓住金属栏杆，她还没有得到挣扎的全部自由，但她用尽全部的力量挣扎过了，这是她感受到的那个孩子，这是她的凸凹，是那个柔软的，像沙子一样的，像潮汐一样的，严肃的，威力无边的凸凹来了。

孩子睁大了双眼，这是一个男孩，他的形体被嵌入了凸凹的深处——这是钢铁、皮毛、肉体和麦穗的世界。有一会儿，孩子发出一阵啼哭，他的哭声真大，似乎想震撼他们所置身的城堡，以及震撼那个幽灵奔跑者的耳朵。

这是镶嵌那个孩子的荒原，这是凸凹的两侧，一边是柔软的斜坡，另一边是坚硬的丘陵。凸凹来了，要让她的孩子在火里淬几百次，用铁制成钉子和楼梯，钉子用来稳固，而楼梯则用来攀缘。凸凹来了，这是她的宝贝，这是她的儿子，用手紧抓住一种玩具，它就是凸凹。从现在开始，她知道她的男孩再也无法离开凸凹，再也无法离开一条水平线，将它折起、压平又松开，形成了巨大的蘑菇，长在荒原上的蘑菇。

她懂得儿子的凸凹——从儿子听到从方形玻璃中传来的声音之后，凸凹就来了。她似乎将一件往事从窗口扔了出去，那件往事中的凸凹已经被她用一束火焰命名过。现在，她又陷入了无意识的状态，她用与别的女人不相同的方式，咀嚼或者伸出手去，也许会发出一阵惊愕的呼叫。凸凹把她儿子的身体夹住了，但她儿子仍然手舞足蹈。新的一天开始了，在凸凹到来时，新的一天也就开始了。她抓住那根麻绳，一根非常结实的麻绳通过一个音符滑了进去，她同她的儿子一样滑到了凸凹深处，远处的人们正在观看一幕黑白电影，一些人进入，正在玩着黑白之棋。她呢？好在儿子已经出生，从星期一到星期天，凸凹来了，她看到那些黝黑的眼睛和面庞——她在凸凹之中被诱导去猜想是谁走得快还是走得慢，一个诗人的诗她读过又被遗忘：“我们叫作开始的往往就是结束，而宣告结束也就意味着开始。终点是我们出发的地方。每个短语和每个句子只要安排妥帖（每个词都各得其所，从它所处的位置支持其他的词）……”

但是，凸凹来了，它们喷着气，发现了别人的耳朵之后又在倾听，凸凹来了。

三十岁

她生下了儿子，她的 30 岁安然无恙，却已经滞留在路上，她过去从未感到除了一座“城堡”之外还有另一条道路，现在她带着她的儿子上路了，这无疑是从未经历过的生活。她把手伸给她的儿子，这让她想起她的母亲，那一刻她仿佛患了严重的失语症，她的语言滞留在她的身体中无法倾诉出来。这使她感到她原来是想把许多事情表达出来，词语始终在主宰人们的命运，它清澈、透明，它含混，散发出海藻的气味，她想告诉儿子的就是词语。后来她终

于把她的儿子引到了许多植物前面，在绿色的植物前，她的心被那些词语牵引着，她没有想到她的30岁是让儿子的喉咙发出声音。

她的30岁在词语中旋转，在让儿子发出声音时她已经被改变了，她已经生育过，像世世代代的女人一样用子宫确定过她的意念、疼痛和梦想。就是在这样的确定之中，她感到了一种从零度出发的意义，分娩只是一种漂游的过程，很简单，那个孩子已经脱离了她的身体，她又一次自由了。自由总是被束缚，它曾经被她的儿子所约束着，现在，儿子是另一个人了，是另一个带着意识活动的影子，是另一个在这个世界上想独立造句并篡改词语的精灵。自从这个事实成立之后，她就开始自由了，虽然她牵着儿子的手，但她的30岁，细腻、惬意的30岁已经开始重新寻找一个场所。

女人总是一次又一次奔赴一个场景，而奔赴一个场景是为了不把自己变成碎片，是为了把自己过渡到另一种快乐之中去。她的30岁的快乐巡回在她儿子的脚步声中，她期待有朝一日放开她牵住儿子的那只手，即让自己的影子不再尾随儿子的影子。放开她的手——让她的儿子真正属于一种知识、一句话、一种“不离奇，不陌生的一切”，属于他自己独立的命运。只有在那一刻，在她的手松开的那一刻，她的 30 岁才会重新找回自己的躯体。现在，她的 30 岁正在暗渡着黑夜和白昼的零散的语言，暗渡着她生命之中的一种无声的观念，她 30 岁的观念已经在蜘蛛的网上游移，她 30 岁的观念正在变成雨中的颗粒……

她弯下身抚摸着她儿子的面颊，她的 30 岁是什么呢？他占据了她的时间和躯体，如今，她松开了他的手，找到了自由。

图像三：勾引

在暗夜中咀嚼

女性，她们置身于一种香料之中，并不在乎在她们周围涌起的白昼和长夜之间的漩涡式的潮汐，因为她们即使在潮汐涌到漆头时，仍然可以寻找到风度脱俗的世界上最简洁的方式。当外面的裂缝之中正飘动着一只蝎子而裂缝已经无法合上时——她正用一种优雅的姿势——咀嚼着一根草和一只柠檬的香味。她的咀嚼声无声无息，没有谁能侧耳听见，她的咀嚼声正像她在一堆雾气迷蒙的呓语上升时一样让人无法接受和无法阐释。

她置身在可以用触角抚摸到的地方——可以伸出手去触摸到空气中一种魔术般的声音正在额前浮荡。她甚至可以触摸到大街上的灵柩使一个人的透明度突然减少，是那只魔杖敲打着别处。他触摸她的膝盖，盲人们伸出手去，也在寻找着那只魔杖，所有人因为惧怕死亡都在他们错乱的脚步声中竭力想寻找到那只魔杖。她呢，她已经用手和膝盖触到过那只魔杖，然而，咀嚼才是她此时此刻最简洁的一种方式。嘴唇看不清楚，而嘴唇的线条属于黑夜——就像有一轮弯月映照着的嘴唇所散发出来的气息，现在我们怎样才能知道她到底在用嘴唇咀嚼什么呢？

优雅的姿势，听不到咀嚼的声音和节奏，看不清楚嘴唇的一切颜色——仿佛她是力图在遗忘一道苍白的墙壁圈住她青春时的脚趾移动的时间，仿佛她是想感受到秋夜中一株从南方的热带雨林边缘移植而来的月桂树上的影子。而咀嚼之外的世界，每夜啼鸣的夜莺在那天夜里已经迁往更远的南方，夜莺消失之后的夜晚减少了一种诗意的共鸣，减少了属于她半夜对一只黑色陶瓷的抚摸和歌唱……粗糙的树根浮在她看不到的椭圆形的石头之外，她向往到达那些地方，向往过热带雨林之外的铺满红石的岩崖……她甚至想到达一条白垩纪的河床中，除了在里面游泳之外，也可以在河床上感受漫游此地的快乐……这就是她用优雅的姿势咀嚼着黑夜并已经穿越黑夜的笼子的方式。咀嚼使她嘴角的线条显得柔和，线条就像风中的丝线可以使她心中的一切置入我们的想象之中。

她是女人，她沉默时便咀嚼，就像一个可亲可爱的幽灵永远隐藏好自己让世人震惊的面孔和微笑。

夏夜之微笑

她何时学会了这种微笑，在她 30 岁以后，也许是在一个夏夜，在她访问了一个老朋友并与老朋友告别之后她突然寻找到了这种微笑。迷人的微笑，渗入与她相遇的每一道目光之中。只有那些感受到生命是悬而未决的快乐的谜底的女人才会时时挂着微笑，也只有那些感受到荒漠中的灼热和干燥的沙子是悬而未决的迷人的命运的女人，才会用微笑面对着世界的面庞。

微笑不仅仅是面孔对面孔，它也会渗入阳光和自然之中去。你如果用微笑渗入一座城堡，你会感受到那些古老的斗牛士并不衰老也并没有死去，你会感受到他们的力量撼动过的竞技场面突然给了你如此多的想象力；你如果用微笑渗入到一段痛苦的回忆之中去，哦，你会想起“那破裂的、压碎的、长住的音乐……”并没有中断，那音乐留下了一条巷道和一种被延误了的事物；你如果将微笑渗入到一张陌生人的面孔之中去，一扇微启的门因你的微笑所表达的那种东西，使距离这种不可遏止的东西变成一根惬意的弦……

她的微笑已变成一种语言——即使在“长住的音乐”中仍能放射出来。旋律和音符使她释放着内心的烟尘，也使她的生活和生活中激烈的另一面变得缓和下来。

女人，她的武器是微笑，这当然可以把她带进人与人相交的界限之中去。柔软的武器可以置人于幸福之中，可以让惊慌不定的人不再感受到害怕，可以让一个人回头，可以让人去死。

微笑，在她 30 岁以后的一个夏夜成了她的武器。迷人的微笑——一种不倦的用面部神经发出来的导致人惬意的、悦目的意象，犹如打开了她的幽室，浮现出一间橙色的房间，使她在飘忽不定的不同时间中将事物简化，没有痛苦地简化。得到过她微笑的人终身有了一种记忆，她把这种微笑的武器送给男人、女人。作为女人，她开始掌握了使用这种武器的能力，并知道人类本身渴求着面对微笑，但这种迷人的微笑到底能在她身上持续多久？在无人处，她

的眼睁大、松弛，她被旁边玻璃破碎的声音所惊醒，她站起来，她此刻还能发出微笑吗？她得去清除那些玻璃碎片。清除除了微笑之外这个世界多余的那些碎片，一点办法也没有，除了微笑可以渗入他们之中去，还有破玻璃等待她。

死亡启示录

每天都有人要死去，无论你相信不相信，死亡总是要到来，而且是从“一种柔润的、清脆的、金属一般的声音”到达她的耳膜和视觉下面。别的人正在死去，她的外婆已经死了，外婆的死很像完成了一只鸵鸟的梦，而且是被施了催眠术似的，她从此不再醒来。棺材是红色的，装着她的外婆，那个老女人和她手上的那枚从未脱下来过的金戒指。在去墓地的路上，风吹乱了她的头发，她想起那个出走的小女孩去投奔外婆家的时候，外婆还没有一点死的迹象。过了很多年，外婆老了，但她快要死的消息仍然从“一种柔润的、清脆的、金属一般的声音”中传来。死亡临近外婆了，它靠近了外婆的源头，她闭上双眼，看见外婆紧紧地抿住嘴唇。在去墓地的路上她还看见一个小女孩用手偎着一只翅膀受伤的小鸟，毫无疑问，那只小鸟不会活太长时间了，但小姑娘仍然用双手偎着它，而且跟着一支送葬队伍，跟着一口红棺材和一个老女人的幽魂到墓地去。死亡到底给了她多少恐惧和启示，在棺材合上时，她最后看了一眼外婆紧紧抿着的嘴唇，她停止了声音，她永远不再说话，也永远不会使用语言了，于是，她感到了一种寂静。死亡比寂静更加抽象，当一个人不再使用语言时，死亡就开始变得抽象了。

她意识到，是外婆的死使她有机会仔细地浏览那座墓地。稠密的雨水使泥土分外潮湿。她的感受跟别人不一样，因为她对外婆充满了爱，对那个一生生活在乡村的老女人的存在充满了眷恋。外婆是她的一根纽带，那根纽带是她和外婆之间的秘密，是为她一个人而存在的。除了死亡，没有人会让她失去这根纽带。此刻，她与外婆交流的语言断裂了。死亡，究竟有多大的魔力呢？她穿着黑衣，她被黑色裹住了。黑色除了是一种庄严的颜色之外，也是一种悲哀之色，是一种断裂之色。难怪她变得如此迫不及待——如此想通过死亡了解黑色为什么是悲哀的、沉重的，可以把刻在石墙上的铭文磨蚀。难怪她迫不及待地走进墓地，用她的呼吸和语言想去了解死亡、了解人。那些活着的人面对死亡时为什么会变得噤若寒蝉，死亡侵入她的皮肤，使她对黑色的存在——一步步推向深渊的、给人以致命一击的存在方式有了一种了解。后来，外婆的死和黑色成为她的另一种意象。

通往阴户的道路多么孤独

“她开始奔跑，她想寻遍整个河岸。但是岸边的沙滩不久就变成了沼泽地，她不得不绕道走过沼泽才能重新回到岸边。”她在很小的时候并不知道这个词汇，也没有注意到自己有两副面孔，一副是快乐的，另一副是孤独的。孤独在很长的一段时间中也没有被她意识到，直到某天半夜，她坐在他身边。哦，她不再感到他能够在伸出手时可以抓住她的手，可以触摸到她的神经，可以把她身体中的空隙填满。他，是她心爱的，他还叫她的名字，并把她当作最心爱的尤物。尽管她给了他脚和手，给了他乳房和私处，她却感到还有什么东西并没有到达，并没有把他抓住。这是孤独。同一个男人在性爱之中体会到的孤独是女人最直接的东西。就在同一时刻，转眼之间她的身体与他的身体产生了距离和隔阂，性事和爱也不能将她的孤独占据。她从他体内的温热感受到了距离和隔阂，她开始穿衣服，她不想让她裸露的孤独感被他看见。占据，一个男人，在此时此刻终于不能占据她的心灵，也无法支配她的意志。因为孤独已来临，即使跟他紧紧相偎，孤独仍然存在，哪怕爱依然存在。面对种种事物，面对距离和隔阂，他是另一个人，他无法承受这个女人的躯体之谜语，也无法确定到底她是女人中的哪一个女人。问题就出在这里，她背转身去，她拒绝他，并不想让他了解她陷入的与众不同的境地。于是，她感到了孤独。她对他的情绪发生了变化，在背转身去的那一刻，两者都陷入了困惑之中。

孤独只有靠她自己来解决，而且孤独最终是无法清除的。她可以清除那些碎玻璃，但孤独是一座迷宫和纹路，它可以引导你，但不会让你摆脱那些狂澜，除非你下决心用那贴近你的男人的胸，作为你戏游生活的一洼浩渺的水泊。但到了最后，孤独还是会降临，很多时候，他一声不吭，“试图开辟一条通往她的阴户的道路”，她的感觉像针尖一样铿亮，也像针尖一样让她疼痛。后来呢？久而久之，因为有了孤独，她才慢慢地不会被他和他们的经验和语言所笼罩，因为有了孤独，她现在想让生活在不可能中重新敞开，在孤独中，她选择了出发。她抬起头，她在看那只钟，看那只钟所隐含的一条通道，通向她孤独中的房屋或者一个人。

跟上你预约的脚步声

不是在梦中，而是沿着一条铁轨和一座火车站，她的箱子被魔法似的色彩罩住。她过去是从父母身边出走，而此刻她是从那座“城堡”出发。她累了，还是已经厌倦了，还是别的什么东西，被施了魔法的那种感觉仿佛是在否定他的声音和衣饰，在否定他习惯似的亲昵和与他睡觉时的各种姿态和方式。几乎所有的女人在否定生活时所选择的就是拎着箱子走。走，似乎也是唯一的，在那一瞬间。否定已经是另一条道路和箱子被她的右手和左手轮流拎起来的、在边缘地带展开的、交织在她幻觉中的、另一种更有诱惑力的并将她现有生活否定的热情之火。出发，是她在否定之后唯一选择的操纵、塔楼和墙壁上发出的，不是在梦中召唤她，而是在被施了魔法的嘴唇上的一个词汇。她总是因为找到了词汇，从而找到了一种方式，所以，她出

发了。出发——让脚下的阴影仍然保留在身边，让箱子里的柠檬色、橙色、黑色中的闹钟爆发出时间的最后一秒钟，让时间也会戏游和爆裂开那座沉闷至极的房间里的那团蜘蛛；让鞋子，这追赶速度的鞋子，她黑色的鞋子的底部溅起一些水洼中的泥浆。从另一个地点隆隆开来的长途列车已经到站，这就是出发，她拎着箱子，灯光映着她的那双黑色鞋子，到另一个地方时，她要换双鞋子，她想，那些藏在鞋柜里的一尘不染的鞋子会使她游荡得更远，所以，她真的渴望尽快买到一双新鞋子。

现在，火车开始鸣号，那些送行的人渐渐地看不到了，有一种合起双翼的感觉扑面而来。出发，已经不是一个词汇了，她不再用嘴唇选择一个词，她那微微张开的嘴已经被词汇的背景所改变。借用了无数的韵律用来说明火车正穿越熟睡中的南方丘陵，穿越印着白色小字母的一座又一座火车站，穿越池塘边的蓝色光圈。只有她的鞋子和鞋子下的车轮伴随着她的节奏，那无穷无尽的开始由嘴唇吟诵的节奏，后来由画面和四分之三的视角展开的一个女人独自出发的地方。出发变成了一种逃离，出发变成了一种陌生的选择。她拎着箱子，转眼之间，没有一个人认识她了，这使她的那种青春期的激情在上升，在没有一个人认识自己时，世界中的梦幻才会变成她自己的梦幻。一个梦幻抵达她的心灵深处：不是从墙壁——走向那座旅馆，而是从酸橙与杨树的小径走进去。

旅 馆

这异乡之地突兀而起的一幢房子，似乎是严谨的，似乎是由数种，也许是由两种神秘的秩序（即无秩序和混乱的秩序）矗立起来的。所以，这吸引了从酸橙和杨树的小径中走出来的这个女人，吸引了她并不均衡的呼吸，吸引了她那奔逃在月光下呈银色在阳光下又呈粉色的足尖——她来了，拎着那只并不沉重的箱子，虽然那只箱子由左手换到了右手上。她奔赴而来把这幢房子当作栖居之地，无疑是因为这幢房子是各种起伏的、旋转的、被杂声淹没的，以后对于她来说既没有历史也不会产生未来的空间，这是旅馆。虽然有陌生人的声音穿过墙壁，但那些声音不是噪声，也不是幽灵之乡发出的那种脚铃声，没有熟悉的人走向她，这就是旅馆，只要你肯停下来，你就可以住进去。后来，那间阁楼没人住，旅馆也有阁楼的存在，工作人员告诉她，阁楼的房间号是“阁楼 1 号”，也就是说还有阁楼 2 号、阁楼 3 号、阁楼 6 号等等。

旅馆的存在是为了让她找到否定话语后面的隐喻，高踞在她栖居的阁楼之上的、已经发了芽的谣传和箭矢的速度变成悦耳的声音，占据此时此刻的生活。在旅馆中她栖居下来是因为没有谁可以议论她的存在，没有谁可以诽谤她的存在，没有谁可以在她面前讲述她过去的历史。

阁楼 1 号的房间里有沐浴室和床榻，没有约束她睡觉的沉思，旅馆一直让她的精神处于休眠状态，她只偶尔抬起头来，她看到住在旅馆中的那些陌生人。因为陌生，她可以观看他们的存在，她可以看到他们的面孔，在没有噪声和愤怒的情况下显得那样柔和。她可以重新了解人，应该有叫喊声，女人的笑声和裙裾被风吹动的簌簌之声。所有世界存在的声音，这里都应该有回响。她透过那些人的面孔，侧着耳朵，想听到这声音。声音来了，那些人从房间里出来，有带着女人的男人，有孩子和单个的男人，有许多词仿佛在发芽，仿佛已经繁殖了很多。旅馆仿佛蔓延在陌生人的影子下面，右边的房子像一团红色，太阳正偏西，而左边的房子困扰着一切，一群人因为没有冗长累赘的对话，因为呼吸太清新，人们正在房子外面寻找一种集体出游的方式。而她呢？她既是异乡人、陌生人，也是一个人。她又回到了阁楼1号的房间，这是她的旅馆，抬起头来可以看到面前的井然有序的小径。

吸着香烟的陌生人

他吸着一支烟就住在她对面的阁楼，他是这样一种人，当她偶尔探出头去看到他时，他总是吸着一支烟以获得已经确信的平衡，仿佛时间消失了、中断了。她透过窗幔看着他，在周身上下她一直在逃遁一种属于她过去的生活。陌生人，住在旅馆里面的陌生人，也是住在阁楼那边的陌生人可以成为她的一道风景，但重要的是她充满活力。虽然她犹豫不决，但她感到那个陌生人也在观察她，并时时留意着她的行动，陌生人——等待着在某时某刻觉醒。在这座阁楼的下面，那个陌生人在散步，他的服饰和身材和走路的方式对于她来说只是贯穿着一种无限可能的也许是白色的平面图，但陌生人把这个置身在逃遁生活中的女人的另一扇大门打开了。与他面面相觑，说话都是一种陌生的方式，但他们的眸子在陌生的语言中还是相遇了。一个女人和一个男人住在这座旅馆，占据着各自的阁楼，对于视力极差的人来说，他们之间的存在也许是多余的，也许只是网中的半个漩涡，但他们却彼此看见了对方，这是来自他们彼此心灵的，来自许多个方向的潮湿的箭，使他们找到了一座有意义的旅馆，因为他们发现了彼此的存在，阁楼就充满了意义，而一座旅馆自然而然要卷入两个陌生人的戏剧性的激情和焦虑之中去。

两个陌生人想制造什么呢？

他们开始在一起散步，开始时他们连彼此的姓名都不知道，但这并不重要，也许没有姓名的历史才会使这场戏剧进入高潮之中。

然而，他们在一起时害怕一种东西，怕什么呢？他和她显然只是暂时的居住者，他们一同散步，径直走进路的深处。他是陌生人，即使与她走到一起时，在他的庄重作答或矜持之间找不出他过去的一点痕迹。在这种陌生之间，有益于她与他之间没有负担地进入两个陌生人置身的旅馆外的每条小径、餐厅和穿过许多层帘幕，黑亮的、明快的帘幕，然后他们又重新回到各自的阁楼。谈论、散步、会餐并没有使他们那颗保持得很庄严的，那颗不知道放在何处的心跳动起来，自尊和陌生使他们始终没有开口询问彼此的姓名，虽然他们感到黑夜漫长，但两个人好像始终不想丧失自我——所以自始至终他们都有缘无分，连手也没有碰一下，他们永远是各自的陌生人。

到夜晚，她出场了

一段寒冷的日子好像并没有更替的时候，寒冷使她的面颊也变得冰冷，全身都发出彻骨透寒的冷来。但夜晚仍然在更替着，夜晚永远在制造故事，多数女人只有到了夜晚才活起来，白天降临时，她们面带微笑，穿着盔甲与男人们一样被时间和灰尘耗尽着光阴、时间和力气。夜间应该是女人们纷纷出场的时刻，因为夜色可以使女人们身体中的元素四处弥漫，那些元素大都是透

明的，来自她们被白昼所耗尽力气之后的想象力中。她呢？到夜晚，她也出场了，她脱下了白天穿过的那些盔甲，陈旧的戒律像是一道灰褐色的门被她砰的一声关上了。换上夜晚才可以穿的衣服，即使那衣服太露、太空洞，但夜色可以使她变得模糊。女人们确实只应该属于夜晚，不应该属于白昼，只有在夜晚她们晃动的脖颈才会那样纤细、那样白。穿上尖尖的高跟鞋，男人们根本无法穿高跟鞋，也就丧失了把脚放进纤细的高跟鞋中挺起胸来时的孤傲。当她穿上高跟鞋站在一个男人身边时，她仿佛有力量让那个男人喝着威士忌与她跳探戈。透过黑暗，她总是被那些夜晚才穿的衣服带进更深的黑暗之中去。女人们在夜晚的故事总是跟她们的身体有关系，因为她们的身体区别于男人，也区别于一块块黄色的大理石，区别于文字和音乐。女人们在夜晚出场后的故事只有她们自己能够讲述。她用高跟鞋把路踩得咚咚作响。约会——对于女人来说是夜晚的活动，她喜欢在夜晚与人约会，在这种约会中，看不清楚多少面孔，也看不清楚鼻梁线，说话、呼吸、抚摸只是一种过程，最后总会散场；她不喜欢在夜晚去购物，许多商场即使半夜仍然灯火通明，她可以在夜晚这一大世界中消耗掉钱夹子里的金钱，那些纸币装在钱夹子里的时间很短，因为她和她们都热衷于触摸到物质深处的东西并把它们占为己有。夜晚到来时，她也许会碰到一个真正的陌生人，并对那个陌生人有深刻的印象。也许他们在下一道楼梯时手会碰在一起，也许会接一个吻，但这样的故事只是女人们回忆中的回忆，只是她们稍不留神时向别人讲述故事时所留下来的故事而已。总之，夜晚是女人们出场的时间，她们穿着长裙，裙子的面料让人手感光滑，从老远就可以听到她们高跟鞋发出的声音。如果你是她约会的朋友，你会由衷地感到：她来了，她带来了威士忌和红葡萄酒，任你选择。

酒　杯

用嘴品尝着美酒，要学会喝酒必须加入喝酒者的行列，他们抵御着寒冷和寂寞不时地传送着酒瓶。那是在一座寒冷地带的屋子里，屋子里到处坐满了酒鬼，她作为一个旅行者加入了他们的队伍。有了酒欢乐就会像泡沫一样迅速地高涨；有了酒，欢乐也会像涌动的泡沫一样消失。不过，她就是在那次旅行中学会了喝酒。美酒是一个快乐的词，人们只要说到这个词仿佛中了邪，每一根神经都在迅速地变得灼热，仿佛快乐已经降临了。现在，她用嘴品尝着美酒，她举起一只杯子与自己干杯，她脸上泛起的色泽简直就是冬夜里的一个守夜人脸上的色彩。那是快乐还是迷乱？她说着那些并没有来得及发出来的干杯之类的话语，她一个人醉了。后来她与一个男人约会了，她又要了那种美酒，酒瓶闪着光亮，两只杯子碰在一起，美酒在那天的约会中给她带来的并不是快乐，使她的裙子飞扬起来的也并不是快乐……美酒是神赐予的，它是为了让人在聚会中迷失方向。她就是在美酒之中迷失了方向，不仅用嘴品尝那些美酒，也在用手、脚和身心品尝着美酒之中的混乱。混乱可以使她祛除理智，在一个女人没有理智时，她把什么都展现出来了，在美酒中号啕大哭，哭使她似乎成了最痛苦的人。实际上她是最纯粹的美酒享受者，她在醉意中的形象令人神迷，在美酒中她的手和脚被吸收了，被酒精吸收了，所以，她没有任何目的地跟着别人私奔或者走，无论采用哪一种方式都是为了沉醉。

她沉醉后的躯体想干什么？

美酒在曙光渐露时已经从她身体中散尽，昨天的酒杯已经变成了碎片，她就是这样度过了混乱的一夜，混乱使她的嘴角变得忧郁起来。当她醒来后看着一只蜥蜴爬上了墙壁，她向着墙壁深深地吸了一口气，美酒使这个女人具备了一种战胜恐惧的能力，也使她有了一种狂喜的雀跃的心情。蜥蜴和蝴蝶都来了，蜂鸟也来了，男人们已经到别处去了，寂寞来了，打碎的酒杯已经收拾干净，屋子里的酒味被草莓汁的味道淹没。哦，让那些美酒在嘘声中藏起来，让她品尝到的每一种酒味从华尔兹的一支舞曲中弥漫过去。她露着肩的手臂已经恢复理智，她似乎并没有被谁带走，也没有被谁的阴谋绊住双脚，美酒使她的嗓音沙哑、迷醉，也使她在施予了魔力之后懂得了克制和忍耐。

谎言像蘑菇张开

仿佛一切都在谎言之中发生着，男人们给女人带来的谎言却不像他们精通政治和哲学、人际关系那样精明，男人的谎言是站不住脚的，是不可靠的。他们如果在夜里回来得很晚，在解释的过程之中已经将谎言的枝蔓缠绕在他们自己身上。而女人在谎言中却像一只灵巧的兔子一样机灵，她们有一种天生编织情节的能力。所以，女人注定要为她们自身而承受谎言编织过程中的美妙而痛苦。

谎言，是一顶帽子，戴在男人头顶上就像一顶幽暗鲜艳的蘑菇，只是蘑菇的形状不同而已。

人类有时候是需要谎言的，而且人生下来就为他们的欲望奔走，欲望使人类像水车一样不停地旋转，古老的中国水车让我们想起时间总是在旋转中露出了端倪。我们也不知道到底是谁教会我们撒谎的，这也许是一种本能，也许是一种冰凉的蘑菇。我们最先体会到的绳索的影子在贴紧我们的皮肤时，使我们找到了解脱的某种方式。

所以，谎言也是一种疼痛，撒谎者和接受者都在疼痛中背负着瓮中之水倾出的那一刹那，那是冰凉之水，那是温热之水，那是灼人之水，那是轻盈之水。

谁在撒谎，我们总在问自己，他们有没有在撒谎，我们的语言在扭转着不自由的境地，为了自由地骑在木马上，为了自由地找到滑轮，为了自由地停止战争，谎言之战也就开始了。

她撒了谎后和他撒了谎一样空旷，坐在木椅上，谁也不知道这种事情到底改变了什么，谁也不知道我们为什么要撒谎。女人们敏感地感觉到了什么，她们感到衰老是在死亡之前降临的。于是，从古至今，谁也不再、不去追究谎言深处的那些可怕的事情，因为谁也没有多少力量了。

垂下头来吧，抚摸一下我们自己在撒谎之后的影子，那种不幸的力量已经打开了另一扇窗。女人就是这样缓慢地开始了阅读，她在咀嚼着那些谎言中的魅力，她一边咀嚼一边把烤熟的土豆放在一只瓷盘里，端到她男友面前。

谎言——继续着他们之中的生活，并且把这种来自谎言的温馨推到极致。幸福降临了，幸福是在谎言之后降临的。

亲密伙伴

这是没有烟雾的一个早晨，烟雾只是在想象中出现，有时候我们的想象就像浅蓝色的雾可以翻过灰蒙蒙的或者可以攀越纯净的墙壁……女人的脚踝大都是敏感而激烈的。而

她呢，她只需移动一下，就会感知到月亮升起来了。最困难的事情还是他们无法相爱，她感知到了脚踝在移动，仿佛在移动自己的身体，移动灵魂。一个人到底有没有灵魂的存在，一个人到底有没有在活着的时候看见自己的灵魂。

灵魂是在镜子中呈现呢，还是在一个人的冥想中出现？当她有时候看见自己的身影越过了一道道墙壁，攀越墙壁她又能寻找到什么呢？墙壁的另一边到底有什么在等待着我们？总之，我们一次次地伸出手臂，一副攀越的样子，就在那时候，透过她自己的眼睛她看到了它的身影，它像燕子一样玲珑轻盈，那是她的灵魂吗？

幽灵——是我和她们都喜欢的一个词，我们把有些人当作幽灵，因为他们会变魔法，他们会超越我们游戏的法则，用一切我们无法想象出的魔法，在我们周围散布令我们惊叹和恐怖的场景。但幽灵又不是魔法师，他们在我们身边走来走去，却没有发出任何声音。她喜欢幽灵，如果有一个幽灵前来约会，她将如期赴约。

很久以前作者在她的小说中写过这样一段文字：

要让一个将死的人不死，她的梦想成为她全部的梦想。她又来到了走廊上的窗口，她经常站在这里，那些坠落的感觉就像鸟翅一样扇动，但她此时此刻似乎看见一只蜜蜂在一只水罐边发出嗡嗡的振动声。蜜蜂是一种甜蜜的昆虫，每当人们想到昆虫，人们就会想到蜂蜜。不过，它也会在人不注意时蜇伤人的身体，不过，她希望她想象中的那只蜜蜂围绕着水罐——这好像就可以让一个将死的人做到不死。

幽灵好像就是不死的一种灵魂。

她希望她能感受到一个幽灵的存在，也许那个幽灵总会帮助她在攀越墙壁时不会因此掉进深渊里。如果不掉在深渊里，有一种办法就是飞。

她的魂经常在碰撞，因此，在碰撞之后她总是想飞，她愉快极了，在自己的魂中感受到自由，用自己的目光去观察候鸟的飞翔。男人无法给她带来这种灵魂的愉快。

砂堡——这是用沙粒在火中熔炼而成的城堡，它并不结实，遇到坚硬之物轻轻敲击即会坍塌。也许这就是她的房子，我们女人同人类一样在每一个世界中都在体验着对房屋的那种情感。砂堡是另一类房屋，是幻想之物。

想一想，如果她此刻住在砂堡里面，墙壁上的斑斑点点是在熔炼之中留下来的。在这砂堡里面，我们远离了恋人、丈夫和家人，远离了朋友和时间，我们居住在砂堡之中——回忆充斥着每一个夜晚，在那种悲伤的气氛里，回忆像零乱的箭镞，刺穿了砂堡之中的神秘。

孤独并不是难以忍受的，而在过去，她只知道有城堡，而那些用石头垒造的城堡大都让她望而生畏，因为它是男人们进行战争的避难所，它是修在城中的。砂堡却在荒漠之中矗立，你如果不需要看见它，你可以伸出手，在眨眼之间就会看到它的毁灭。女人们聚集在一起，当她们在一起谈论金钱时，金钱也是另一种意象，在斑斓多彩的意象中女人们大都希望自己把这意象作为生活的本真状态出现。女人喜欢股票、轿车、旅行，但也有女人喜欢砂堡，她就是其中之一。

她有时候渴望用她那易于破碎又像瓷器一样敏感的热情，将她置身的时代记录下来，这样看上去，她注意到自己像光阴的圆圈中不知疲倦的绵羊，白色的小绵羊，正哞哞地穿过她的一座座砂堡。

她拿起梳子开始了在砂堡中新的一天。

走出来，砂堡之外是沙漠，她忍受得了吗？那灼热的缺少水和溪流的生活。但她仍走着，她听到了由于大风降临，她的砂堡之城坍塌了，这是命运注定的事情。只有过了 30 岁，她才会在虚幻中寻找到享受生活的具体内容，她已经不再是那个容易被生活所伤害的女人——这并不是说她已经变得坚不可摧，而是指她的身体已经布满了暗礁，她自己正伏在那些灰色的暗礁上并享受到宽慰与休憩。感受到了那些水中的暗堡，它们正撞击着她，并使她意识到即使到了生活变得千疮百孔之日——我们也可以寻找到橡胶和修补剂。

她的砂堡坍塌了，这使她走出了沙漠，生活中也许还布满了悬崖，它正在砂堡之外，在那片望不到风的深处。

三个女人一起约会

三个女人在同一时间出发到达同一个地点，开始她们之间的约会。她们远离男人，因为她们知道男人大都为社会的存在而活着，女人则相反，她们为自己而活着。她们

避开男人的肩膀，避开男人高谈阔论的腔调，她们是三个女人，不同性质、不同生活状况的女人——她们相约在酒吧，大约只有酒吧才是她们谈论男人的好地方。三个女人在一起，谈论男人是她们最重要的话题。

她们已经过了 30 岁，忧愁和厌倦在这个时期会像雨季一样包围她们。她们敞开了话题，三个女人都有她们过去的故事以及正在发生的故事，就像她们分别是由历史符号组成的，她们不再是三个没有历史的少女了，她们各自的历史就像解不开的谜一样积压在她们心底。有些男人，那些轻薄的不懂得历史的人有可能会害怕她们心灵中丰富的个人历史，那么只好让这类男人离开。有意思的是另一些男人喜欢她们的历史，并留了下来。所以，她们谈论的正是这一类男人，欣赏她们的历史并进入她们历史里的男人们。

三个女人在一起，A 说，她终于经历了一个自我厌倦的时期，从未有过的厌倦，于是，忧愁像窗外的细雨，她撑着雨伞在雨中行走，她问自己，难道我的生活中不会再出现奇迹了，难道那种让人心跳的不顾一切的销魂的时刻不再属于我了。就在这时，A 的那个情人出现了，A 说她的厌倦期终于过去了。B说，水杯、凋零玫瑰和百合花以及黑色的墨水永远是她的生活，尽管B是一名作家，但厌倦仍然继续着，尽管她在小说中为她们的生活设置了障碍、幽灵、约会、爱情、死亡……但B的生活中并没有出现什么奇迹，日复一日地写作，日复一日地睡觉又醒来……正是在这时，有一个人来了，B说：我睁大双眼看着他，是让我死还是让我活。C说，厌倦时，我就疯狂地购物，用物质塞满我的幻想之翼。男人是我永不了解的东西，正像他们也无法了解我一样，但我了解那些物质，那些美丽时装和那些香水。哦，我不想太深地去了解男人，这样我们或许会过得愉快些，但我喜欢并感谢那些给我带来快乐的男人们。

三个女人在一起约会。谈论男人，而她们并不准备为男人去死。

崖顶的触摸

她爱上了一个男人，这是在她婚姻之后的一条路上。她突然之间爱上了一个男人，这不是游戏，更不是逢场作戏。

一种奇异的感觉终于轮到她透过一个颤抖的梦境看到自己暗哑的嘴唇了。突然之间，那片菱镜变成了碎片——映照着她更加颤抖的嘴唇。她弯下腰，碎片中她已经跨越了第一步障碍，她是如此渴望见到他，于是，她同意与他约会。爱上一个男人再与他开始约会，这是在悬崖边的约会。

我们知道悬崖到底是怎么一回事，所谓悬崖就意味着只要我们越出一步就会摔得粉身碎骨；所谓悬崖，永远是把我们置于死地的边缘，是把我们因游动而脆弱的躯体送入深渊的边缘之地。

此刻，她与另外一个男人，她认为自己爱上了他，她自认为这是她在婚姻以后第一次为一个男人而丧失理智，这是悬崖之约——她的脖颈趋向一种没有保证的时刻，仿佛只要一个按钮按下，她就会跑过去。说话的嗓音会把她和他再次陷入激流，那表达爱的嗓音因为相互之间充满着障碍而富有激情。由于期待着拥抱，他们面前的悬崖之约变得岌岌可危，而他们在快要接近拥抱时，爱情已经在意识的遥远尽头，在相互窒息的尽头深处衔接起了一条纽带。

尽管是悬崖之约——却是她生命中一次无法推开的约会，她红着脸，等待已经像火车上的发条被旋转得快要燃烧起来。她丧失了理智，这是在婚姻之后，她重又爱上一个人，因而来自悬崖边缘的约会——它来了，它来了，震动着她的心灵，它来了，在细雨蒙蒙之中，人们伫立着，两个人都知道只要跨越一步，他们就会从悬崖边砸下去，他们就会变成悬崖之约中一对泡影。距离，穿过光与影，正向她的身体中涌来，如同她长裙的一圈圈绳子正环绕在喷泉的石柱上。终于，他们在悬崖之约中从悬崖上滚落下去。

有节制的激情会让爱情更长久，这是一位老人告诉她的，这是她此刻体会到的。她站在悬崖边缘，她的枣红色长裙被风吹起来，她的迷乱融合在眼前升起的一排栅栏所交织的疏影之上。她和他都因为了解过死亡，因而他们不想死，这就是在悬崖之约中她活下来的原因。悬崖之约终于结束了，爱情仍然在心中，她收藏着他和她的爱，也收藏着悬崖之约中那呼啸而来的爱与活着的秘密。

变形的时间

她没有想到她的婚姻是如此短暂，他和她面对着扰乱他们家庭的问题以及那个人——做出的唯一的选择就是将家庭解体，两个人住在一座城堡，住了不算长也不算短的时间，但他们曾试图长久地栖居在里面，有时候他们“踮着脚行走和低声说话，为了不惊醒命运的魔鬼”，但他们之间的魔鬼依然来临了。魔鬼的来临意味着他们要亲手拆散他们之间的“城堡”，而她不想仰起脖颈时听到坍塌之声，也选择了离开的方式，她走得那样快，她要让那张契约书从此作废，因而她正踏着月光，从“城堡”里走出去。

一个离婚女人，她如果已经走出了“城堡”，那么她就真正自由了。一个娇小、优雅的年轻女人，过了一段婚姻的生活又把她的脚移出来了，她此刻正走在她不熟悉的路上，就像一场白日梦已经结束。此刻，她恍惚看见自己被那个篡改了她婚姻生活的“魔鬼”所拽紧的双手，“魔鬼”要把她拉到“城堡”之外的水泥地上去，这个娇小年轻的女人，她没有了家，她仿佛倚靠在长满苔藓的墓碑上，但她的足现在变得自由了。

从被束缚住到拥有了自由，她似乎又恢复了无边无际的心境，现在，从“魔鬼”身边她又溜走了。不管怎么样，带着那么多经验，在扑面而来的从石头缝隙之中吹拂而来的风中——她现在没有了可以确定的方向——这使她变得自由了。

没有确定的方向可选择，这就是她走出“城堡”后的一部寓言，一个娇小、年轻的女人过了30岁，在她自己的寓言里，她同时成长着，她的成长期并没有在青春期完成。在恐怖中，在那种一无所有的恐怖之中，有人看见她去喝酒，在一次酩酊大醉之后，在关于她的谣传中，男人总是她的核心。有很长时间，有人看见她频繁地与别的男人约会，在关于她的谣传里，她仿佛用她的寓言作为她自己的一个房间，躯体只不过环绕着那个房间在思想，在关于她的谣传里。

婚姻的方式因时间这一古老的寓言而变形，那些用爱情话语编织了固定形式的寓言——如同脱了节的火车厢，终于失去了自由的方向，它帮助她完成了一段体验，正像她扑向他的怀抱，不顾一切地陈述那不确定的反复无常的爱情神话，直到这神话变质、变形、破碎，她才闭上自己的嘴唇、堵住自己的耳朵。

带着肉体漫游

回到外面之后，她此刻正在漫游，事实上她是带着肉体在漫游，因而，她的脚被早晨的露水打湿了，那些草尖上的露水，恰到好处地将她肉体的漫游生活沉入无限的生存中心。除了露水之外还有泥泞中的粉红色雾，从树根的深处升起来，除了来自记忆中的档案库，她此刻真正变成了一个人。

带着肉体漫游——是为了寻找她的根，那些枝叶茂盛的花朵下的树根，当轻薄、易碎的契约证书和盟约失去弹性，在岁月消逝的时间外面，她正在访问坐在树下的那位手上长满了褐斑的老人的手，那双手伸向阳光，正在试图用自己干缩变硬的双手寻找到生命力的根须。她来到那位老人身边，她是一位访问者，她要访问老人现在想什么，她的那双布满褐斑的双手，那双已失去物质性的手——能否将一个血红色的洞穴重新抓住。太阳照在她脸上，这是一个老人的面孔，她的脸上有着细眯起来的眼睛，有着悲剧似的故事，她的眼神中有着亲戚关系，有着模糊的推动力，但最为重要的是当她发现那个老人打了一个盹后睁开双眼时，她知道这个双手布满褐斑的老人仍然在不顾一切地寻找。她寻找的东西中有叛逆这个词汇，哦，叛逆开始融化了她那衰老的肩胛，那只有骨头承受重量的两胛萦绕着光晕；她寻找的东西中有莫测高深的男人，那些男人也许会用一种难以改变的背信弃义的行为溶解她年轻时的肉体；她寻找的东西中有一件男人的夹克衫，一个戴着灰色帽子的男人在冬天布满积雪的小径上等待与她约会……

哦，这就是她访问过的那个老人，她正举着那双布满褐斑的双手，而她的身上萦绕着光晕。在死亡未到来之前，那双手一直在寻找她的根须，没有别的办法阻止她的双手，而她翘起的嘴唇露出几颗稀疏的牙齿，只有她的眼睛，那双悲哀的眼睛和那双激情的眼睛正在寻找一副面纱——这就是她的根须，因为只有通过面纱，一个老人才会重新荡漾起一种想象的活力。

而她，现在已经转身，她在沿途的风景中遇到了一个老人，这是生命的根须，她身体中正在分泌出一种泉水和物质的元素，忽然间，她身体中似乎吸满了雨水……

脚铃声

这是灰蒙蒙的白昼，她跟随着一匹马，那是一匹在荒原上生活的马，这是南部边疆的荒原。一个女人一生中如果不了解荒原，那么她身上就没有那种寂静的东西存在。如果一个女人一生中没有带着她独特的脚铃声与荒原上的星宿构成一个世界，那么她就永远不会了解那种空旷中的死亡地带。现在，荒原中的灰黑色尘土扑面而来，她戴着一顶白色的无边圆帽，只要她移动脚步，她的脚铃就会响起来，她跟着那匹马的影子，红色的宽皮带束紧了她仍然细小的腰，那些曾经被猎人们跟踪过的动物，野兔、小山鹑、雉鸡一一从她眼前跃过，她带着脚铃声追逐着动物的声音。那双温和的双眼此刻变得疯狂，甚至忧郁起来，南部边疆的荒原使她感受到那种天真烂漫、蓓蕾初放，像处女般纯洁无瑕的时光已经真正变得遥远了。女人们面对荒原，是因为她们想从男人的羁绊之中了解男人们为什么要羁绊她们，也就是说她们想了解阳性。克劳德·西蒙说："两种象形的符号，两种元素，阳与阴，有时候阳性只是一种像一把合拢起来的剪子，下部有两个圆圈的符号，在这两个圆中可以穿过大拇指和食指，剪刀尖端向上，下部象征性的圆圈有一些也属于象征性的线条，像发射的光线那样环绕着。阴性是带有一条中心线的卵形。”

男人们从遥远的古代就可以到荒原上去生活，所以男人们羁绊着女人——将她们羁绊在房间里和花园中，阳性的光芒在荒原中去追逐他们的各种各样的“猎物”。她看见男人们可以在荒原上匍匐前进、俯身向前，而女人呢，带着她的脚铃声并没有去追逐她们的“猎物”，因为女人从生下来就没有“猎物”可追逐，她们来到荒原上只是为了使脚铃响起来，看见一阴一阳变成符号、变成圆圈。

羚羊就在她身边停留，荒原可以使她寻找到静寂中回响的鸟类的啼叫，可以寻找到在她脚铃响起来之后，一种乙醚似的气体笼罩住她。女人正是在此刻感受到了昙花一现的情景，女人正是在此刻看见了男人无法看见的那种悲哀：从虫茧里跳出来的一种有翅膀的生物转眼之间就变成了腐物。

在这种境地中，脚铃声穿越过一阴一阳的圆圈中的荒原。

2018年1月
海男

女人是飘荡的

她的黑色的身影清晰地显出，但随即就消失了，有一瞬间，她甚至对于一个男人显示出了她嘴唇、眼睛、皮肉之中的温柔。灯光的隐秘深处的女人，一个已开始进入成熟期的女人，当她从黑色裙子的领口深处伸出白色洁净的脖子，突然间她却像幽灵一样改变了初衷，她不再面对那个男人了，她有充足的自由元素帮助她离开那个男人。自由对于她来说就像男人们放弃一个女人时的一种广阔，男人放弃一个女人时大都是因为不想因这个女人而耽误了别的什么东西，而女人的自由却是为了在捉摸不定的男人面前，在那些彼此勾连、纠结不清的男人面前寻找到她们的出路。

女人是飘荡的，是乘坐在一辆旧火车或一辆吱嘎吱嘎响的、发出撞击声的旧火车上的旅客，她带着她的无边圆帽去远方，她的自由总是与男人保持着距离，她可能会因一个男人而疯狂地着迷，但也会因这个男人而溃逃，仿佛从一排灰尘和残屑支撑的柱子下面感受到了男人们正在俯下身去吸取原料，那些从外部进入内部的原料正是男人们由此膨胀、增大的欲望，她看清了一个男人的嘴脸，她对他的温柔消失了。

她自由了。不是出于傲气，不是出于根深蒂固的对那个弥漫在男人嘴角上的欲望的轻蔑，而是因为她打定了主意，把她身体的上部分扭转过来之后保持笔直不动的肩膀，保持理性的为了自由而溃逃的决心。她无法再忍受那个男人被欲望所折磨的目光了，她一分钟也不能再忍受了。她转过身，抛弃了人们追求的至善至美的那种椭圆形的形状，抛弃了碎屑落下时的通过触觉能感受到的那种蔑视，找到了足够的勇气去面对自身的那颗自由的灵魂——这就是说她找到了自己的翅膀。很多女人面对男人时，会因爱一个男人而忘记自己的翅膀，或者因爱一个男人而折断自己的翅膀，而她呢？现在似乎没有别的事情可做了，那像母鹿似的眼睛，她的眼睛在隐隐约约之中就已经将蒙上的灰尘洗濯得干干净净了。

她的自由很大程度上来自她的两翼，这不是走路或奔跑中的一种姿态，而是像鸟飞翔过程中的一种姿态，这是她的翅膀，只是为了扇动起两翼："她的肉体——微微地动着，她在呼吸。"

被屏风挡住

坐在一道屏风中间——她 40 岁来临了，她可以通过屏风，精致的雕花玻璃的屏风看见幽灵们正在出场。诗人翟永明说道：“我的 40 岁比母亲来得更早，像鸟儿一只只飞走，那一年年熟视无睹的时间，我天生的忧伤锁在骨髓里，不被我身旁的年轻人所知，也不被睡在我身旁的人所察觉，比我母亲的 40 岁来得更早。”

她的 40 岁正被屏风挡住，在她 40 岁的这一天，谁都没有意识到她已经进入 40 岁，谁都看不见她昔日曾经拥有过的青春、柔软的腹部，那些在夏夜为享受欢愉而颤抖的乳房，嘴唇和下肢已经进入了真正的 40 岁。

看着幽灵们一一出场，她模糊地猜测到了那个沉沉黑夜，与一个男人共度良宵的谜底，周围是一片沉寂，那个谜底散发出朦胧灰色的光，那个男人不存在了，但那个谜底依然存在。她到了 40 岁，进入了一个令人畏惧的年龄，她的青春期已经全部耗尽，那些在半夜浮现出来的棉花似的声音，使她通过无边无际的簌簌响声而对自己保持着一丝不苟的态度。她进入了 40 岁，幽灵们正在屏风之外上场，而她独自一人，她是属于这个时代的女人，她坐下来，进入 40 岁，她的身体仍然发出令人晕眩的芳香，这种特殊的禀性使她依然把没完没了的正在游荡的梦散发、剥离出去……

她的 40 岁突然透进来一点点灰蒙蒙的亮光，虽然她置身在屏风之内，那些亮光像是带着她正在迁徙，仿佛带着她母亲遗留给她的美丽的黑发，把封锁存放的一种幽香突然敞开。这是她的 40 岁，她置身在屏风之中，她伸出手去，谨慎的细语声似乎把她与未来的某一群同谋聚集在一起。她知道在她 40 这一年，她的儿子已经长大，儿子已经不再同她一起散步，而她的前夫，那个 40 岁的男人已经开始秃顶……

她到了 40 岁，并没有逃遁这一问题，而是置身在她自己的可以把握的事实之中，她的 40 岁以后的生活正在更加柔软的重量之下倾斜地流动着。沙砾和海水涌上来，可以将一把刀变得弯曲，可以使她的 40 岁装进一只绿色的丝绸口袋之中去……

私生活的消息

有关她私生活的消息从冬天敲碎的水罐里散发出来，她此刻已不再是那个双肩颤抖坐在树篱后面哭泣的女孩子，她面对着从水罐里散发出来的关于她的私生活的评估和嘲笑，而她正在嘱咐自己应该反叛那些辛辣的指责、嘿嘿冷笑的声音，把那些碎片倒进垃圾桶里去。

日复一日的消息变成了谣言，似乎在敲碎的水罐里可以因此变成水，使她在伤心、沮丧中的生活变得寒冷，但她已进入 40 岁，那些消息中挟裹着的洋葱和大蒜的味道已不再使她恶心……

谣言中她的私生活茫茫然在狂风暴雨之中来临，她是谣传中诱拐了一个理性不健全的男人的妖精，她在谣传中就是那个妖精。接下来，在寒冷的沉寂中，她穿过了那只碎了的罐子，她来到广场，由于她那与众不同的美丽，她当然成了广场中间的一道风景。到了 40 岁，她仍然是令男人们心动的、期待的一个幽灵。然后呢，她也理所当然地变成了那些得不到她的男人们的一个妖精，而那些女人们呢？有些女人正在嫉妒她，有些女人正在咒骂她，有些女人正在效仿她……

谣言四起，从他们懒懒散散的闲谈中散发出来，这是一个时代致命的悲哀的东西。而她呢？她尽管已经感觉到了寒冷，但她却没有时间理会那些龌龊的，从橱柜、抽屉、书信、垃圾桶里散发出来的谣言……

哦，有关她的谣言成为一个又一个故事，一个拥有许多故事的女人在别人的杜撰和谣言中就必然是沉入栏杆、铁丝网和灰暗的岗楼的妖精。当她看到一只苍蝇飞来飞去时，并没有赶走那只苍蝇，她会下巴向上一翘，微微偏偏头，这是她惯有的姿态。每当谣言在玻璃器皿和瓷器的叮当声中传来时，我们看到的就是这个动人的姿态。

对这个特殊的女人来说，那些谣言虽然使她感受到了人世间存在的一种巨大坚硬的铜块，但同时也使她具备了这样一种素质，她开始培养自己的忍耐力，在这个过程中，她会感受到即使进入了40岁，墙、门以及在阳光中被笼罩起来的明亮碎片仍然可以使她雕塑般坚硬的身体接近最纯洁的一种位置，每当这时，谣言经过的地方，就是她行走的地方。

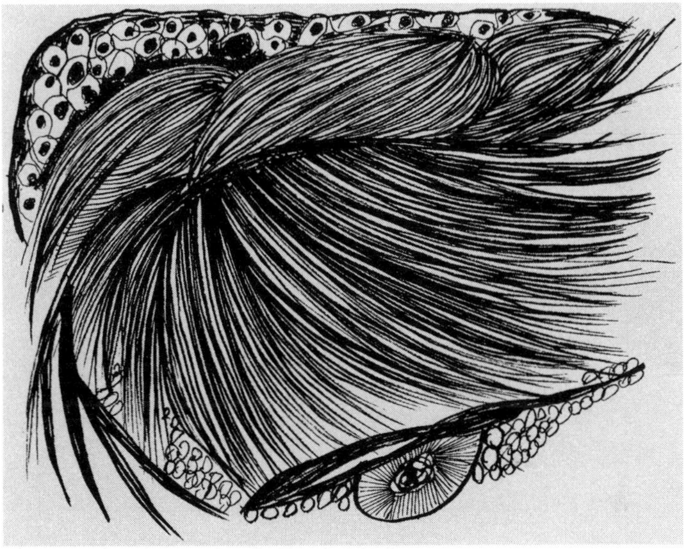

图像四：外套

在炉火旁忍耐

炉子很冷，她必须忍受这一切。她的父亲死了，她的一个女友遇上车祸也死了——她在寒冷中望着炉子里的灰烬，她的下巴和脖颈昨天还在剧烈地扭着，一种猛烈的狂澜涌动在地平线上，哦，她听见自己仿佛在啜泣，又仿佛在唱歌。此刻，她的下巴和脖颈之间的忍耐使她可以面对炉子里冰冷的灰烬。

她的亲人和朋友一个又一个地离开她，除了这些之外，她必须俯身面对一炉灰烬，在寒冷的冬天面对炉子里的灰烬，既没有别人，也没有音乐旋转。她已经过了 40 岁，她刚回家。当她走在路上时，寒冷的残雪使她的牛皮长靴发出沉重的声音。

她觉得，帮助她忍受一切的是她的下巴和脖颈，因为头是她最庄严的中心，下巴支撑着头，而脖颈支撑着大脑中血的循环。而忍耐，当她是一个少女时是无法感受到的，只有到了 40 岁，当她在半明半暗中俯身时才会在地上碰响一只钟的声音，才会当她的膝盖变得瘦削时触痛一双手的神经。只有到了 40 岁，你才会发现在你最快乐时，有人告诉你，你的母亲已经变成瘦骨嶙峋的老人了。

在下巴和脖颈之间的忍耐从寒冷的炉子边使她站起来，她想到床上去，在那同样冰冷的被子里，如果她睡着了就可以进入梦中，只要有梦存在，她就会向前俯身——去吻一个男人给予她的胸膛。

至于那些来自死亡的消息，已经被她的下巴和脖颈承受住的死亡——很清醒地被她感悟到的那些得到过或丢弃过的东西，已经被魔鬼和天使篡改了证据。现在，她已经过了 40 岁，尽管永恒的泉水仍然在窗外流动，尽管已经有人说过："男人、女人既相同又相对。你不知道另一面，就不可能成为那一面，生育除外。"她现在除了寒冷之外，正在感受下巴和脖颈间的忍耐，她从梦中醒来之后决定开始她 40 岁以后的出发，40 岁以后的生活——把一段若隐若现的生活交给记忆，让一颗孤独、渴望的心靠近油漆剥落、黯然失色的一座驿站，也许是一把楼梯。

来自下巴和脖颈支撑的世界使她的忍耐力达到炉火纯青的境界。

石榴色长裙碰到了荆棘

戴着宽边草帽进入她 40 岁以后的领域，进入红色阳光的山岗上去——寻找一种只有心灵可以感受到的秘密，任何时光的诋毁也不能消除的一种摄人心魂的、悦耳动听的秘密。她向往着山岗，从少女时代开始，山岗这个词汇似乎是她的另一种灵魂，当她嘴唇干燥时她的嘴唇会张开着、嚅动着——她在这样的时刻总会搭车或驱车到山岗上去。

在羊齿植物之间——她的石榴色长裙碰到了荆棘，她被卷到一股暖流之中，当她伸出手，在她的悲哀中，她似乎一直在等待这个时刻——用自己的心灵铸造她自己的形象和另一个灵魂的身影。

空旷的山岗，典型的南方丘陵使她的双眼放出光亮，即使她已经失去爱情、失去了婚姻、失去了父亲——在这些错开的羊齿植物之间，她也能重新感受到时间过去了，过去了。时间交织在这一刻，在茫茫山岗，这个南方女人过了 40 岁，她屏住呼吸时腹部凹陷着，就像她听到了一种从没听到过的激烈疯狂的拉丁舞节奏，如果她能够在羊齿植物中间跳舞，她会不会死去呢？

错开的羊齿植物使她的 40 岁以后的时光用哀怨的嗓音重复着一个内容，她到了 40 岁，仍然渴望去旅行，仍然渴望穿过厚厚的铁锈色，穿过鞋尖上的阳光发现隐藏在 40 岁后的一切生物的生长……

地上行走的生物和天上飞翔的鸟都会让她激动，她的激情永不衰竭，所以，除了人之外，除了栅栏边缘的水池，除了看见绿色植物爬上她的窗棂，她还想看到那些无法带到屋子里去的羊齿植物。

就像她的另一种灵魂，停留在这些坚硬的羊齿植物之中，血色的夕阳正在山岗上显示出绝望和放纵。她逗留了许久，拔起腿向山岗上走去，那些羊齿植物的荆棘被她的石榴色长裙带走，带到遥远的城市中去，带给她一种哀怨的乡愁，也带给她一种直透衣裙间的热气。

石榴色的长裙绕着圈跑，她四十多岁以后的激情有增无减，这使她从未被世俗生活湮灭过灵魂。当她从山岗回到城市、回到房间，夜晚变得甜蜜、幽蓝。她坐下来，她到底有没有真正了解那些羊齿植物，哦，她侧过头，倾听着，听见了另一个人正用诗的语言解读着羊齿植物间她石榴色的长裙。

她是演员

痛苦罩住了灯泡，也罩住了她的身体，在清晨寒冷的空气里，一个男人刚从她身边离开，昨天晚上他还赞美她的微笑，赞美她过了青春期以后的四十多岁。但是，她在他的身上总是能感到自己的失败，于是，她和他因为这种距离而被拆散了。当他离开之后，她没有站起来，她坐在椅子上，低垂着头。

女人承担痛苦的能力是无穷无尽的，她低垂着头，她的痛苦使她感受到了抽搐，感受到了欲望和希望之间的那种偶然的碰伤。除了这种碰伤之外，她知道她和他再见面时，仍然会用身体来交流，仍然会跨越时间和灵魂的限制，他们会重归于好，又重新被拆散，这就是她低垂着头时痛

苦的秘密。

女人的大部分痛苦应该说都是男人带来的。有些男人去会见一个女人时，带着他的疲倦和狭窄的爱而来；有些男人去会见一个女人时会带着他们未被填满的精神之坑而来；有些男人去会见一个女人时则把他的懦怯和残酷全部带来。当他们将上述东西抛下而逃之夭夭时，女人们就得带上冰锄和毅力，将他们留在女人房间里的这些“垃圾”重新做一次艰难的迁徙。

她低垂着头，那个男人给她留下的是一种失望的“垃圾”，它给她带来的痛苦超过了她对他的某种情感。垂下头来，她只是承认这种失败，她只是用这种姿态来抵抗碰伤时的感受。

在与一个男人在一起时，除了情感，她很少考虑自己，甚至是从不考虑自己。只有到了他离开时，她才会意识到男人和女人之间的这种感情既脆弱又不可靠。不过，除了转瞬即逝的人世之外，世界均是如此。从她内心涌出来的痛苦使她可以重新去拥抱这个男人，而她已经不会再爱他，没有爱，当她去拥抱他时，剩下的就只有痛苦，以及靠近悬崖似的那种虚无。

她垂下头来，他的脚步声早已远去，他留下了他的几十个烟蒂，留下了他的形象和几个空酒瓶，男人总是这样，将各种各样的“垃圾”留给女人来处置。而她呢？虽然已习惯这一切，但她的失望却使她深陷的心遭遇到痛苦。

她恨透了他，她想掴他一记耳光，然而，他已经离去。

赤脚的远行

蝴蝶对于女人来说是一种可以模仿的异类。在蝴蝶的那一面中，也就是A面中，飞翔和鲜艳的肢体宛如一种飘忽不定的情感，蝴蝶经过了城市、啤酒、鲜血的节奏之后就在我们上空飞；而在男人这里，也就是B面中，他们被蝴蝶所吸引，即使在一幢沉睡的房子里，蝴蝶飞进屋的那一刹那也会使他们的灵魂以变幻无常的节奏开始上升。

现在看看她对待那只蝴蝶的态度吧！

赤着的脚因为忙着追逐一只蝴蝶已经来不及穿鞋子了，她的下巴的曲线优美地颤抖着，那只蝴蝶突然从窗口飞出去了。

蝴蝶，就在乡村的空气中旋转着，我为什么说旋转而没有说它在飞翔，因为蝴蝶是世界上最为轻盈的飞翔之物，它像舞蹈一样，它像人一样有最敏感的神经，它兴奋时就开始旋转。

现在，她赤着脚，访问一只蝴蝶就是访问我们的手无法触摸到的世界。蝴蝶迎风而来，聚集在一簇簇鲜花的花颈上，它其实也是一个个花蕾。在这个有露水的早晨，当她在蝴蝶中觅到了那只通体透明的蝴蝶时，她的身体正保持着最佳状态——而且还显示出一种栩栩如生的轻盈状态，一种想真正与蝴蝶交融成一体的状态。

赤着脚的女人，隔着无边的地平线看见那只蝴蝶在飞，访问一只蝴蝶，她的身体在慢慢地变轻。

那些昔日身体中的累赘或词语也都消失殆尽了，瞬息之间，她的身体越来越轻，且变得越来越稀薄，直到某一刹那，她感到她的身体真正飘了起来，然而，等她睁开双眼时，那只透明的蝴蝶正在空气中自由地驰骋。

站在一片云间尘埃中访问一只蝴蝶，她有了一次身体变轻的经历。

而她赤着脚，很快，那只蝴蝶已经飞得无影无踪。她回到房间，张着嘴，她没有想到她 40 岁以后的生活是如此有趣，当她抬起头来想象着那只蝴蝶到底飞到哪里去了时，她的伙伴递给她一大杯红葡萄酒，她愉快地由品尝，让自己的快乐顺着蝴蝶的山脉盘旋着，那个人问她在想什么，哦，“蝴蝶”，她的嗓音驰过一系列的窗棂，它们在那春日的山脉中间，跟随那只蝴蝶开始旅行。

一个被她自己囚禁的人

她被自己囚禁着——这当然是一件十分愉快的事情，很多年前，她就囚禁自己了，但还没有像现在这样被她自己真正地囚禁着。囚禁的过程让她拥有了更多的时间，这种时间在人的一生中只会拥有一次、两次……它只会出现在一个人拥有囚禁的时代，就像是挂在篱笆上的花簇只会在春天和夏日开放。也许，她在很早的过去曾经挥霍过时间，在那段时间里，她的青春让她感受到了篱笆上所有的鲜花都向着她开放。现在，她已经不会再像青春期一样挥霍时间，现在，她变成了一个被她自己囚禁的人，她的心与囚禁之屋牢固地结合着，甚至她的肉体也在享受着囚禁给她带来的喜悦。

囚禁她的首先是她自己的房子，面对这种衡量她身体平衡的墙壁，一颗心就在里面想象。在房间里可以想象出她从未经历过的生活，这是囚禁给她带来的一个无名的时刻，实际上她的这种感受从幼年时代就开始了：“从那时起，在这小姑娘眼睛里混乱梦想着的东西，以一种更固定的微光停留不移，人们会说她在我们的黑暗中醒过来并感觉到自己的意义所在。”事实上，一个人将自己囚禁起来的快感确实来源于幼童时代，那时候我们就开始独立地拥有梦想之源，拥有父母让我们独居的房屋，就那样，我们囚禁自己的生活开始了。

浴室——更靠近一颗疲惫的心灵，更靠近身体中那些为自由保留的文字，因此，每当她走进自己的浴室，就必有一场在泡沫的蒸汽中——把自己归结于上帝的本质的一次活动。她的浴室是房间里的另一间房子，与其他房间一样，一只白色的瓷花瓶中插着一枝玫瑰，而水龙头下面的囚禁，乃是对自己的一次洗礼。

澎湃的波浪来源于这个角落，这间浴室，来源于人的习性“将事物一半放弃，一半扣留，那是黑暗半球的快乐。黑夜如此行来，我告诉你”，囚禁之中的浴室，它们正诉说着以窥视或迷恋她的身体为理由而计算出来的她身体中最精确的衰亡以及她的青春。

黑套装

过了很长时间，她出现在你面前时已经改变了模样，首先她已经改变了她过去对服装的选择，黑色的套装、黑色的鞋子和黑色的长筒袜，她再次低声地对我们说话，她的黑色套装使她看上去显得端庄而肃穆。一个女人进入了可以把我们笼罩其中的年代，这个年代应该是由 40 来岁开始。冷静、悲哀的色彩折磨着我们，又使我们仿佛接近了一次乙醚的弥漫。色彩浸入我们体内，无法逃避她那冷静、悲哀的色彩透过屋顶的水晶吊顶或枝形大烛台，分解出她那寂静的美丽。那美丽宛如一道大峡谷，可以真正地接近我们的人生。

穿黑套装的女人轻轻地用乙醚弥漫我们，与十年前的

那个女人相比，她现在增加了一种武器：她已经能够用她自己的身体出去承担黑色了，黑色从她白皙的皮肤中露出来，衬着她的冷静或悲哀。为了一次命运的变化，没有人知道她这么多年来在攀缘的过程中一面沉溺于思索之中，一面却不得不用自己的身体付出代价。通过一张牌、一只玻璃杯的粉碎，通过一个人的死亡照亮了旅馆房间里的一面镜子……这就是她穿着黑套装来到另一群人身边让他们感受到乙醚的气味正攀过菩提树下的影子，到达她讲述的一个寓言之中。

黑套装——逼近了我们，许多男人在此刻不知所措地推推眼镜，他们已经在不知不觉中被她 40 岁以后的魔力所吸引，在他们推眼镜时，他们已经被这个女人撑起的巨大的重量所覆盖。他们也许会站起来走到她身边去，向她表示爱慕，如果他是一个可以感受到她那幽静、悲哀之路的男人的话，这种表达会使她兴奋。相反，如果这是一个愚蠢至极的男人，只是为了跪在她的膝头边嗅她身上的香气的话，那么，这个男人的表达方式是多么悲惨。

穿黑套装的女人，她把一种我们难以想象的诱人的方式和颜色展现出来。它一方面倾倒了一群男人，因为那些男人通过她的黑套装发现了一个女人诗意的伤感。除此之外，她自己——正在用黑色解释她最近的体验，解释她那种美丽柔滑之中的最悲哀的体验。

黑色，这种人类不朽的颜色被她具体地表现在她的躯体上，表现在那些固定不移的确切的悲哀之中。

秃顶的男人

他曾经是她的密友，现在随着时间的流逝已进入中年。中年的男人就像过去一样用手指优雅地夹着雪茄烟，坐在她对面，与她约会。比起十年前那个密友，他已经有无数经验，然而，在她心目中，他是她的密友，而她从少女时代就是他的红粉知己。尽管他陈述他的经验时有许多感受是零乱的、累赘的，她仍然像第一次一样听他在说话。进入 40 岁的他，最明显的变化就是开始秃顶，她望着他稀疏的头顶，仿佛感到自己曾经住过的一间房子在残存中已经长霉，巨大的湿气上升时，霉味尤为强烈。时间，她对时间的体验比男人更加直接。她密友那片开始稀疏的头顶使她开始在他的经验中寻找那个已经变得实际的中年男人。她想起一种褐红色上面滚动的露珠，而她的密友微开的嘴唇正讲述着他因欲望而疲倦时的经历。她平静地听着，而她看到的却是一种褐红色上面滚动的露珠。

他们之间从一开始就隔一张酒吧桌，那张桌面永远阻隔着他们会走在一起生活，而她曾一次次地坐在他面前，她是他秃顶的见证人，也是他疲惫笑容深处的敦促者。虽然他已进入中年，她仍在敦促他，她开始给他讲述一种褐红色上面滚动的露珠，他也许永远听不懂她的这种表达方式，但他却一次又一次地面对她。这个女人不知道是他的什么人，她也许不是人的魂灵，也许不是他的妖精，也许不是他的伴侣——但却是他的密友。

他已经秃顶，而她依然披着那头浓密长发，他说话时她不住地点头。她理解他吗？他正用不同的经验填满那口男人之坑，先是用泥浆和沙砾，后来是用鸟粪，再后来是用废铁管和铁罐。她理解他吗？好像是在突然之间，他的头发就变得稀疏了，语调低沉。她理解他吗？他和女儿、妻子生活在一起，他的婚姻生活比谁都牢固，而他却叹着气，他的坑永远也无法填满。

银色月光下他们站起来告别，她身边的这个中年男人打着哈欠，他有永远睡不完的觉，他还有永远对荒芜和闷热之中的秩序的讽刺，然而他却永远生活在秩序之中。即使如此，他仍然会秃顶，她讲述的那片褐红色之上的露珠也无法改变他。

他笑了，令人惬意的夜晚永远有露珠等待他。

残阳后的黑夜

她心情败坏时就到一条小路上去散步，那通常是黄昏，镶嵌在路边的公园以及陌生的散步者就在旁边。

生活并没有向她明确地规定出她要到达的目的地。有时候当她独自一人时会觉得自己是如此孱弱，行至小路的尽头，她似乎听到了自己的抱怨声，哦，她想起一位叫克莱齐奥的作家在书里写道：“同时，一切都在抱怨。草在抱怨，因为它浑身发绿；枯草在抱怨，因为它们已经枯死了；草根在抱怨，因为它们想见阳光；土块在抱怨，因为土里含磷过高；草茎也在抱怨，因为它们发闷。”而她自己是在抱怨什么呢？

杂乱的风景构成了杂乱人生的一部分，她孱弱地拖着自己的影子，一种本能把她带到路上，人们到了路上就会有希望。那些酒鬼喝醉了酒就在路上大声嚷嚷，他们想让全世界的人们都能够听到他们的酒话，这恰恰是他们最孱弱无力的时刻。女人呢？每停留一分钟，那些旧时光就会到来，就像梦露重新在黑白电影中出现，她性感的嘴可以让一个世纪的男人顿感空虚。

观看残阳的人不仅仅只有她，这条小路依傍一家医院，她发现了许多病人也在小路上散步。病人是人们在生活中经常谈论的人，因为每个人在一生中都会进医院，身体变得像纸一样单薄，也许会死，也许会活着，只有两种结局存在。

孱弱的她在残阳中抬起头来面对自己，有些女人一生都会依傍男人过日子，她们以为她们找到了自己的根，其实她们弄错了，也许是被男人愚弄了。事实上，任何男人都不可能给一个女人根须，女人如果想寻找到根须的话，必须在离开男人的身体之后还能面对残阳。

因为残阳之后就是黑夜，多少漫长的黑夜就是这样来临的，假如没有男人守在你身边，你能够在残阳中饮酒、闭上双眼进入黑夜，就在这时你的手会有一种触须，你找到了黑夜，孱弱的你也许曾是某个男人的情人，但此刻你不再是那个角色了。

生命就是经历，如果你是作家，那就把你的经历抛在脑后，介入一种叙述的另面去。她孱弱过吗？夕阳泯灭过她的情欲吗？她是你正在降临的情人吗？

微风中的滚动

她急奔下楼，无法抑制自己与时间间隔后的生活，如果她不死，那么时间就在滚动。时间是从楼下的树林里传来的，这使她想起微风，在微风中，她看到了那些枯树正发生巨变，在没有一片绿叶的枯枝中闪现，突然发生一种微颤，一只细小的绿色昆虫从枯树的树皮上爬了出来，形似蛇皮的树皮承载着那只绿色昆虫。当她试图走近那棵树时，微风吹来了，这是时间的滚动之声，一只松鼠从她脚下窜到阳光普照的山坡上去了，这是时间在微风中的滚动。

她曾同她的父母、邻居和朋友们住在灯塔下面，住在一幢房子里面。来自屋外的宁静中挟裹着噪声，来自屋外的水和火中携带着春雨，而微风中却滚动着一种她并不熟悉的声音。微风从灯塔之外来到她们的居住地，她的父母正在弯腰削着土豆，而她的邻居们正在将一只筛子放在阳光下面，他们将西红柿和绿菜放在筛子里。

她来到山坡上，这就是时间从风中带来的启示。微风经过了漫长的距离，它已经使那些枯枝慢慢地发芽。时间代表恒久，它是使人和生命即自然从死亡中重新进入诞生的一种可能性。当然，还有另一种可能性也在等待着她：时间是轻柔的，然而，它却可以使狮子在山风中散步，它可以使它从冬天的巢穴中跃出，它可以使豹子穿越密林。

滚动声就在楼下——她会强迫自己在下了楼梯之后，在日月流逝的竞争之后抓住它们的尾翼。一个四十多岁的女人的影子已不像少女那样苗条，但她比少女更能感受到突然的疼痛和惊醒之后时间的滚动声从楼上下来。对于时间，她就像亲手触摸过干草、灰尘和动物那样亲切。现在，滚动声就在楼下，她四十多岁的嘴唇，厚实而湿润，她的嘴唇到了诉说的阶段，她就要在楼下的草地上扮演另一个角色，她需要不时地更换角色，从女人到女人，从付之一炬到重温爱情，从瘦了的脸到发胖的人。那是时间的滚动声正在催促她，多少年来她把脸对着我们，直到我们感到戏剧已进入尾声。

纹　路

她的体内有一处清晰可见的纹路，岁月正在释放着她的嘴、下巴和脖颈，紧接着在一种红色的灰尘中她惊喜地轻叹一声，宛如她又重新发现了一种颜色，来自盾牌和一对狮子身上的颜色，不可食用的精神纹路中的颜色——把她的身体拉长后成为一道影子。这是午后，她并没有睡得有多香，仿佛黄昏已经提前降临，仿佛一个人的火焰可以由此把她引向一个令人困惑的问题。她变了，在房间里的女人们来往穿梭的时刻，丝巾上那根别针表明了她的存在；她变了，正当人们簇拥着涌向一座殡仪馆，涌向一个被淹死的人时，她却坐在椅子上，表示出惊人的沉静；她确实变了，用那种不可食用的元素——带着她的欲望。这欲望熠熠生辉，可以使果实累累的葡萄藤蔓由此弯曲下去。哦，在我们无法看清楚的地方，她打开一个小瓶，那些秘密突然使一扇林木葱绿的窗户关闭又敞开。她低声叫嚷：替我保密的人只有你，哦，楼梯上步履维艰的人也回过头看她，她举着她那不可食用的元素低声说：让开，请让开。她的长发有时形成一个发髻，像峰峦，有时披在肩头。她快乐吗？她已经到了那个地方了吗？她把自己装饰得迷人，过了 30 岁，再进入 40 岁仍然保持着迷人的姿态，因为她永远有一种不可食用的元素。

下午 4 点钟，来了一个男人，带来一盘棋和爱情戏剧。4 点多钟，她钻进男人的圈套之中。丝手绢、香烟头占据了她的两个小时，男人还想占据她的身体，男人们总是这样，对一个女人的欲望从不减少。她开始拒绝了，男人便问她，你到底是谁？你算什么？她对着那张愠怒的脸庞，她想告诉他，她有一种不可以食用的元素。但她沉默着，她已经可以面对一张龋齿的嘴，她还可以从容地面对一个男人，一个永远得不到她肉体的男人徒然的羞恼和轰鸣之声。

她是一个富有的女人，她去过采石场，去过草原和沙漠，看见过一对狮子褐色的眼睛，她还去过蔚蓝与鲜红的两色之间，那些自由的人，真正自由的人并不用语言解释世界，而是用他们在岩石上舞蹈的脚。而她呢？当倏忽即逝的美无法留住时，她就用那种不可食用的元素感觉毫无意义又布满迷津的一生。

性

手指会弯曲到怎样的程度才会在躺着的地方触摸到盘旋而上的路，这就是她在远离人寰的幽寂河床中面临的困惑。她的身体已没有少女的激情澎湃，她的身体也没有一股从海底涌起的潮流。过了 40 岁，她睁开眼睛，躺在河床上，少女时代看见的燕子又回来了，很多东西正在坍塌，即使躺在河床上她同样能听到那种坍塌之声，所以，她的腹部已经让意志和思想操纵着。在这个时刻，她仪态万方，似乎在说我们还在等什么，我们到底在等什么。

他们躺在花岗岩石上面，这不是年轻人的性游戏，他们是严肃的、认真的，但接下来，会不会有蜘蛛网缠住他们，抓住他们的躯体不放呢？

性，已经跟记忆中存在过的性完全不一样，他们抵达了预定之地，并在这里约会，直到进入性事。他们远道而来，究竟是为什么。他们已经被生活的记忆弄得疲惫不堪，他们已经不可能躺在蜿蜒起伏的河床上不发出任何别的叹息之声。在苍白柔和的苍穹下面，她伸出手去，团结着他们之间的分离到聚会的交欢，以及唤起了心灵去倾听和嗅闻的感觉。她不知道手指应该蜷曲到怎样的程度，才能使它形成一个凹陷。蓝色为什么会变成紫色，白色为什么会变成黑色，而红色呢，红色正在被云遮蔽着，被寒冷和阳光阻碍着……

他们之间突然倾覆在河床之上，时间会在这里因此而停止下来吗？他们有一刹那似乎感受到了一种不朽。一只笼子和一只铁环是不朽的，一只贝壳和一片黑暗也是不朽的。眼泪，从她的睫毛下溢出，她又看见了一片水泡的升腾，这就是性的浪漫和不朽的事实。弗吉尼亚·伍尔夫说："在这凝固的销魂边，人类所有的情欲似乎都显得偷偷摸摸和过分狂热。"

总而言之，她四十多岁以后的性生活不再能够使她在事后哭泣，也不再意识到赤裸裸的外面是蓝色的铠甲。一切都从银色的水泡之中呈现出来，包括她的脚指甲和开始变得丰腴的身体，一切都是透明的，但只有她那女人的灵魂，带着她的肩和颈陷入了一团纯粹的声音之中：性是她生活旅程中的一部分，但并不是她的全部，这躯体还有别的趣味。在那些误入了迷途的趣味之中，她会看见密集的羊群来到了河床边。

幻想一头狮子

时间就在车轮下面朝着一个方向旋转着，当她拥有了自己的一辆红色轿车之后，她仿佛可以在无水的沙砾之路上逃避时间和逃避那些无法穿越的烦恼的河流。于是，突然之间，漫无边际的旅行真正开始了，没有谁可以限定她到哪里去，也没有谁会寻觅她的踪迹，她拥有了真正的车轮并看见车轮下面的辙迹，不再陷入虚无，而是陷入了圆形树丛中的一条道路。

路永远是女人们绕开死亡的一种形式，在变幻无穷的

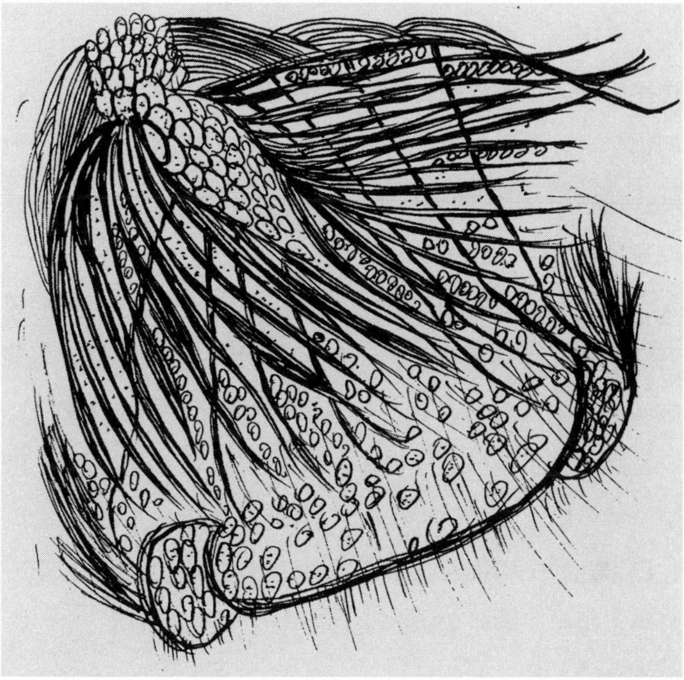

路上，这是她的红色轿车，她已经忍受不了太多的真实，所以，她要控制这车轮卜的辙迹。在路上她会听到噗的一声，她的红色轿车在路面上隐约地颤抖，已经接近了树篱的另一边——对她来说，另一边正激励着她的力量，另一边是狮子散步的草原，哦，一个女人对狮子着迷，无论如何都是一种无法想象的事情。哦，狮子，她来到草原，她把红色轿车抛在身后，为了避免自己的脚步声惊动狮子，她并没有把自己送到狮子的嘴边。

一个女人用她的方式幻想草原上的一头狮子，却又开着红色轿车离开了草原，其主要目的是为了试一试人与兽之间的距离到底有多远。个人的秘密总是与速度有关系，自从她拥有了自己的一辆红色轿车之后，时间的速度不再是一种危险，而是一种诱饵。当她脚踝寒冷时，这种诱饵占据了她的一切视线，那头她并没有在草原上看见的狮子最终是她用车辙所追踪的一种假象：也许是一顶帐篷，它最终必然出现。

那头温柔的狮子、慈祥的狮子其实是女人们幻想的一种意象。当一个女人对男人失望之后，她就会幻想一头狮子，狮子有着金黄色的皮毛，狮子在草原和荒漠之中行走，寻找它们的世界。而她却驱着她的红色车轮——在不可能的传说之中开始寻找她们所向往的那头无所畏惧的狮子。它一边用车辙覆盖痕迹，一边寻找着她萦绕心头的金黄色幻觉。

所以，女人，她们注定要用身体的冒险去接近自己的幻觉，而狮子，那头草原和荒漠上的狮子它并不会成为这个女人的伴侣，也不会理解她的意象。

一个女人拥有了一辆红色轿车，时间的速度比以往快多了，她可以到野草蔓生的原野上去看狮子，她也可以在城市的钟楼下面告别那个全身缺乏诗意的男人。

女人受到的骚扰来自男人

更年轻时她否定过男人，与男人的那种关系她以为已经在年轻时的癫狂中耗尽了。但事情并不是如此简单，她一次又一次否定着男人给她带来的性事、情感以及仇恨。许多东西都存在一个终点，当那个终点到来时，她已经告别了一个人，已经否定了一个人。

女性受到的骚扰是男人带来的，从荷马时代就开始，男人与女人在一起，开始时狂喜，结局却是一连串的悲剧，她自从穿着橙红色皮鞋跑着去与一个男孩约会时，就预感到他们会将船驶进雾霭之中去，谁也不会告诉她未来是什么？但未来还是来了，与男人的约会结束之后她又回到自己用钥匙开门的地方，一切均在舍弃之中与另一个人相遇。

男人和女人之间的那种悲剧过一千年之后仍然存在着，他曾想用身体覆盖住她的身体，但重要的是他们会为此醒来，一旦这个女人深知覆盖她身体的这个男人还有另一部分灵魂在远方游荡，一首令人心碎的歌曲就会在房间里升起；一旦这个女人深知睡在她身边的人对她的梦是如此惧怕，甚至想阻碍她飞起来，那么他这个女人已经没有幻想可言，也不会把那盏悬挂在黑暗中的灯盏送给他；一旦这个女人感到他身上的平庸，她会越过他逃跑。

而男人呢？他们已经透过手指间夹着的雪茄看到了那个女人已经离开了他们为她精心设计的航线。她曾经对他喊道：你是我的，我已经属于你。但有一天早晨，她醒来了，她的眼泪打湿了枕头，仿佛淬进燃烧的金属片中嘶嘶作响，她要收回自己的诺言。猫咪咪地叫着正在去一个窗台的月光下捕捉老鼠，就在这样的情形之下，也许会隔着紫丁香树篱伸出他的双手告别。那两双因触摸过对方而感受到根部盘绕在水底的火焰中的手，在过去曾经与坐在凳子上的幽灵相约。而此刻，她收回了诺言，这种伤感而破碎的关系比牙齿更加锋锐，而且他们似乎都已经听到了在风的空洞的叫声中，他们比黑色更加忧郁的关系已经结束在鞋子发出的响声之中，而且她一旦离开就再也不会回头。女人一遍遍地在自己鞋子的声音中溃逃，她并不是属于一个平庸的男人，也不属于一个聪明的男人，但滑稽的是他们之间的事曾经耗尽过她的时间和精力。

黑眼眶

她对着镜子中的自我看了又看，然后才开始梳理自己的头发。她不喜欢在早晨的镜子中看见自己的黑眼眶，失眠似乎会在黑暗中把她带到地球的边缘去。在里面，她没有关上窗户，没有掩上门，她站在最高的小山丘上，看见了许多带着起伏的曲线的海滩和沼泽地。她还看见了越来

越多的墓碑在黑暗中在地球的边缘上竖着、挺立着……这就是她在失眠中看到的隐隐约约的东西。有些时候她看到的是自己的脖颈上正缀着一串檀香木珠子，不仅发出芬芳，还会随着温度而变热。她曾经怀疑过的录音带中的阴影像图片一样指引着她回家的路，她纳闷，她的呼吸柔和而均匀，即使到了最危险的时刻她仿佛都会感觉到自己正在半夜俯在一面镜子或墙壁下面的梨树上坠入爱河，重新被一个人撕开了裙裾。那坠入爱河的时刻，她没完没了地要着那个男人，没完没了地变成他的容器。而此刻，她正面对镜子，希望抚平自己黑眼眶里剧烈异常的只言片语。

就像她每年 8 月都要在抽屉里清理出那些纸片上的疾病，清理出影响她血液的可怕疾病，使她在 8 月初的一个夜晚感到时间无穷无尽地伸展开去，而白天令人心痛的长。夜晚呢？她仿佛在一个岛屿上生活，她的黑夜生活深不可测，在气候、季节、声音之中的她小心翼翼地浮在岛屿上，倾听铃响的声音：叮，叮……而颜色、昏暗、亮光、风雨又让她钻进岛屿啜饮着剩下的一点咖啡之中去。梯子正上升：啪嗒、啪嗒……食物、嘈杂、寂静、运动、安息仿佛使她面前的一条有月亮的地平线变得茂盛，她总是要绕开那些羁绊和划破她双脚的碎玻璃，她了解这恐怖，她了解了人在寂寞万分的时刻正伴随着忧郁的啪嗒声跳过溪水，跳过一串串迷失了方向的电话号码卡片，而且还会跳过发霉的地毯。她彻底失眠了，并且在夜里开始研究一只青蛙从窗外传来的声音的方向。

她彻底失眠给她带来了镜子中的黑眼眶。她的迷乱已经过去了，她了解的恐怖现在重又离她遥远，随着阳光升起，她就要出门，从梳妆台前站起来，然后再离去。

每一个人都会看见她的黑眼眶，他们嫉妒她在夜里也能扑动翅膀，他们嫉妒她睡得越来越少的生活。

男人从坑里站起来

发亮的黑皮鞋正在晃动着，这是她想象男人时幻现的情景。但是她现在意识到，男人们正在交叉着腿前行，与所有女人迥异的是男人们正在用自己的聪明、用自己的鹰钩鼻子和干燥的皮肤，流露出时世的艰难时也在用鞋子填满自己的坑。每一个男人都有自己的坑，一瞬间她竟然看见了这一切，她过于明亮的眼睛看见了那个男人钻进熟悉的街角，融入像他们皮肤一样干燥的空气之中后，正在精确地把废铁和灰白色的铆钉倒进坑里去。他们的坑是在月色下隐藏着欲望之证据的坑，噢，那些男人，利用他们的欲望，人与物的欲望使他们竭尽全力，把自己的坑填满。

坑是红色的，飞着纸屑；坑是蓝色的，宛如河面上的银色波纹变成黄色尾翼；坑是褐色的，哦，男人们总是喜欢褐色这个词汇，即使他们已经变成黑炭色的人体，因为褐色是他们生命中的一个字码，一个结节的扣子。坑，浸沉在草原、树林、池塘之间——呈现出女人们已经看到的另一种矛盾的草图和消失无踪的状态。他们的坑使女人们透过窗口看着春天飞翔的白鸽降临时，呈现出他们已经签过字的音符；他们的坑晃动着粗糙的麻绳，女人们由此又看到了男人们的一种计谋，他们想用麻绳环绕着坑，也就是说他们表现出了他们的无所畏惧，表现出了他们手中那悲惨凄切的笛声中的广阔地带，而他们却要将他们身边的一个坑和此坑填满，由此来了结自己的生命。

他们入睡的鼾声传来时会让女人们眼帘潮湿，女人们，会将她们最亲爱的男人的梦和梦的含义紧紧抓住。在她们看来，男人们的睿智可以在月亮沉落时，正确地解决在人生旅程的中途所遇到的麻烦；在她看来，那个填坑的男人就是她在黑暗中窥视到的秘密，当黑暗中闪现那个男人的坑时，她虽然忘不了一些男人狡诈、傲慢、无耻的毛病，但她更有可能感受和接近的那个男人充满了同情心，她的同情心温柔、蜷曲，在他的灵魂之坑里，感到翻腾的是她而不是他。现在她摘去了面纱去接近这个男人，她看见了他的鞋跟上虽然有腐烂的叶子，坑里的水甚至已经浸到了他腰部，然而，她最心疼或欣喜若狂的正是这种力量，他把自己的灵魂之坑当作是光荣或者是死亡而歌唱着。

身体中的水泡

她的温柔之乡来源于她身体中的水池——把一个危险的屏风包围住，使一个人回头，使他们别无选择，就像在茫茫黑夜中踏上旅途，让他们嗅到她身上的味道。哦，好闻的味道，男人们喜欢并沉醉在其中的味道中，当她爱上一个男人时她到底可以为他去做些什么事情？当她爱上一个男人时肯不肯为他做出牺牲？

世世代代为此延续下来的这个问题突然之间从某种无法遏止的厄运中开始面对着她，从一个海港到另一个海港——到另一个火车站的月台——到沙漠中残余的夕阳之中——到他游泳的街角的深处。女人，小心细致的女人就是这样介入了这种需要无限的耐心承受或接纳的问题之中，女人的温柔之乡有着永不泄气的热情。从古至今在男人们需要女人时，他们大都是从战场败逃回来的垂头丧气的人，或者是带着疲惫的肉体流浪了一圈、两圈、三圈又回来的人；当男人们需要女人时，女人们宽容、温柔，仿佛用一种鱼形的寂静悬挂在男人身边，这是她带给男人的温柔之乡——这是她身体的腾起、慢慢倾斜，这是她随身携带的寂静可以使男人们变得温和，这是她在芬芳清新的空气里同那些穿越了失败、山冈、荆棘的男人溶解在一起之后——带给男人们的无法预见的惊喜。

那个垂死的伙伴，曾经是她的密友，如今他可以听见极其微弱的风声从她的洞里传来。她坐在垂死的伙伴身边，伸出手去把他记忆中的嘈杂声驱逐开去，他快死了。多少年来，他一直向她倾诉着这种世俗生活的痛苦，倾诉着他突然在腐烂的落叶之中渐渐衰枯的肢体，她是明亮的镜子和玻璃。在他垂死前，他握住了这个女人的手；而另一个男人，以其终生的勇气追求着她，他曾给她写过无数发出爱情私语的信件，那些蓝墨水凝固过从窗外飞过的一只小鸟，并且曾经使她的生活从地上回到河面上，再从水上回到岛屿上。

而她的温柔之乡比虚拟的诗句更能激动男人们的心灵，比一种难以表达的东西更容易进入夜莺的啼鸣中去……这种持续了半个世纪的女人身上迷人的素质可以使男人们从死进入生，可以使蓝、红、黄各种颜色摆脱戒备和警惕。而她呢？把一只脚拔了出来，对于历史和不确切的未来，她好像感受到了只有她的温柔之乡才可能预感到的玫瑰色语言。

遗忘是为了什么

她有时在废弃的一截铁轨边缘散步——为了找到说服自己的理由，那些通过身体的喉咙、舌头、私处体会过的欢乐、性高潮，以及在不同的间歇之间沿着倾斜的直线飞

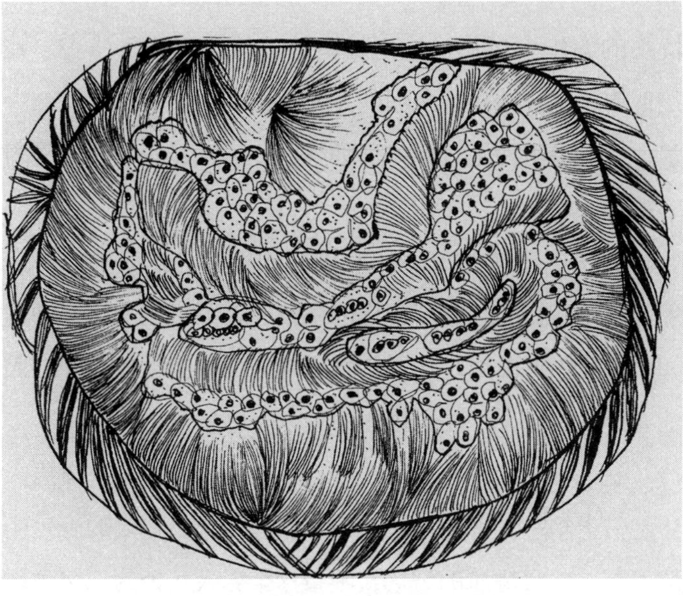

行过的一段情感——现在变成了一段废弃的铁轨，渐渐地从她身体的记忆中褪色，不再把身体伏在另一个身体上面。此刻，她的注意力被这条铁轨载动着，那个让她失望过的男人，那个使她感觉到无法忍受的平庸的男人，在男人的忧伤的编年史中不可能把她留给他的病迹彻底抹去。她是他的星星，她是他永恒的尤物，而他呢？他走了，他去了，他保持着使她厌倦的那种平庸——直到变成一条废弃的铁轨。

她忘不了他的那种让她厌恶的平庸，忘不了他身上那些没有变化的像僵尸那样的东西，忘不了他带给她的恶心……几分钟以后，几十年以后她仍然保持着他让她进入他平庸生活中的那些短暂的记忆……

这在那个时刻来说却是她迷失的方向，一个平庸男人让她带上箱子，确切地说是带着她去私奔。女人的一生中总要有一些最尴尬的记忆，跟着这个男人私奔的记忆正属于尴尬之列，但记忆中她却了解了这个男人的另一面，这使她永远中断了与他的关系。

废弃了的那段情感除了她和他——没有公证人的存在，扯碎的纽带在落叶中已变得腐烂。但她为什么还会想起他来呢?

两个人永远不会再拥抱，两个人也永远不会再晤面，而她却面对记忆中自己拎着箱子随他私奔的情景。那个男人的平庸并没有错，错的是她并不了解他的平庸——剩下了这截废弃的轨道，成为她一生中最懊恼的风景线。

除此之外，有时候她单独一人——记忆中的许多铭心刻骨的东西多了一份凹陷的黑洞，他也许已经将她同样废弃。在男人那里，一个成为他星座的女人应该废弃在他实际的生活之外，只在偶然的时刻，他会眨着干涩的眼睛，他够不到的星星，不容置疑地不会属于他。这是这个平庸男人一辈子企图抓住的星星，他一生的终极目标同样是对这种生活的企盼，但命运不会把这颗星星给予他。

而她呢？这些历史的天大玩笑使她最终感到人是渺小的。

乳　罩

从粉红的颜色变成黑色的——这是贴近她身体的最妙不可言的一种真实的阻隔，没有人看见她精致的黑色乳罩把她的乳房托起来，又把她的乳房藏在为她自己而保留的对外人来说是冷漠的间隔之中。

黑色限制着她的欲望，也就是说欲望由粉红色蜕变为黑色——她变了，这个不再依附在男人身体上飞翔的女人把粉红色乳罩变成了黑色。女人一旦进入黑色之中，她的魔力将由她自身来施展，而不是由神来操纵。

在惊愕中她由此发现了自己已经是戴黑色乳罩的时刻了。并不是她的年龄，而是她的身体到了藏匿的时刻。寒冷的季节一年又一年来了又去，树叶绿了又枯萎，从凋零的某一片叶子上面她读懂了全部的几何学和不可以提前享受的涅槃的境界。然后呢，彩虹色、珊瑚红、忧郁的紫色使她嗅到了一个时代由此带来的变迁。她生育过的身体有好几次已经接近一种华丽的颜色——但她意识到她一生并没有一座真正的永久不变的栖宿之所。在厚厚的墙壁之外，她曾经流浪到一个深渊之下，在洁白的四壁之内，她捂住自己的嘴唇，她看见了自己的形象，一个词汇改变了她，一块礁石上的泡沫改变了她——她抓住了黑色的乳罩贴近自己——她居住后的安定在丝带上弥漫出来——她梦见了那些词语中的人因为变迁而抛弃了昔日的工具，她——正是黑色丝带中一座摩天大楼里被挫伤黑翼的女子。她忧郁地转过头，穿上了外衣、大衣，她推开门，黑色比她乳罩的颜色也许更黑。

这个穿着黑色乳罩的女人正在避开别人看见她的匮乏，用那种原始的虚荣心她不断地敦促自我在黑夜无边的外面——可以藏起一些刚刚发生的秘密的痕迹，可以使四肢舒展开来，让取之不竭的黑色乳罩之中的汹涌起伏的花束的幽香忍受别人的背叛和自己的背叛。

那乳房到了垂陷的时刻——她已日复一日地感受到只有利用黑色乳罩的那种颜色才可以保留住乳泡中那些晶莹的水珠，让腹部重新一起一伏；只有利用黑色乳罩的那种颜色才可以让窗纱重新垂下，让她被微风吹着的肩膀重新找到一个可以燃烧自己的借口。

所以，她从一根树枝过渡到另一根树枝，从树叶之下仰起头来。

他已是一个成年的青年，他突然做出决定要娶一个女子为妻，而她却摇摇头，她似乎在追问：我的儿子，你是什么时候恋爱的，你到底是什么时候卷进了这每年 9 月到来时在干燥的巨大的蜘蛛网中的生活？

他脸上的幸福是肯定的，他幸福之外的梦想也是肯定的，他多情的眼神中的游移不定也是肯定的，总之，他要让她承认一个世俗的事实：他到了恋爱结婚的年龄。

那么，占据她宝贝儿子心灵空间的那个女人是谁？那个让儿子承诺天长地久爱情的女人又是谁？

她闭上双眼，她的儿子从很早就独立生活了。他离开她的那一天拎着行李箱子，似乎在说：母亲，我不能在你架起的月桂树和葡萄藤上完成我的一生。哦，一生在他是开始，是一道深红色的弧线，他离开了她，他独立了。多年以后，他告诉她：我要结婚了。母亲，我要把一个女人带到一间房子里去，从此以后，她就是我的生命，从此以后，母亲……

她可以看穿她儿子眼里那种不成熟的节奏正把一个箭头摩擦得灼热，她还可以透过儿子的眼神看到儿子未来的某一天，他的身子在一张几何图形中会变得疲惫，像 9 月出现的蜘蛛一样干燥……

哦，但她的儿子终究在这个世界上需要摆脱她对他的那种无微不至的关怀，另一个女人将前来取替她的位置，尽管这位置不同，但却是为了让她的儿子笨拙地体验到生的快乐。

儿子的轨迹远在天边，有时候她能够看见，有时候却是一只空悬的马镫在左右摇摆。

旁边的年轻女孩

久而久之，那个女孩已成为她的朋友，她已记不清她第一次看见她口红的颜色在视觉中跳动时她的那种激动，一个漂亮的女孩，一个年轻的女孩使她想起她已经流逝过的粉红时期。粉色，或者更确切地说是一种青春的作料。不知道为什么，当她第一眼看见那个女孩时，她就想起了已经消失的粉色中那堆羽毛，现在只能在回忆中作为流逝的象征。在她的视线没有与这个女孩的视线相碰撞的一些日子里，她感觉到自己的生活正在发霉，她咬紧一些词汇：

啃噬、腐蚀、摧毁，仿佛她的存在逐渐生锈了，正在发霉。于是，这个女孩来了，这个女孩身上没有变化的东西却给她带来了流逝在岁月中的那些粉色。在积成的一层尘埃之中已经陷没了的粉色，正在唤回她那些快乐和真正无忧无虑的东西。她成了这个女孩的朋友。这个女孩每周三的下午，总会给她打来电话，然后她们就开始约会。

年轻女孩子的脚上手上涂着亮亮的指甲油。女孩子的屁股撅起来时令她想到那些羽毛正在飞，而她却告诫自己：她在飞，我也在飞。女孩子给她带来了从未见过的口红的颜色和紧贴在身上的弹力衣服，女孩子更多的是给她带来了那些能够扭转厄运的笑声，她的笑声才是一切。转眼之间她已经被女孩子说服了，她要去买一种适合自己涂的指甲油，涂在自己的指甲上，她还要利用口红使嘴唇再次变得性感、神秘，她还要像年轻女孩那样不停地去寻找一棵月桂树，因为，时光就在前面。

然而，她终究无法回到女孩子的粉色时期。于是，在某些时候，她已经隐隐约约感到了自己正在嫉妒那个女孩子。每当她看到那女孩子的嘴唇时，她就会想，这颜色我还有吗？每当她看到女孩子无忧无虑地牵着一个男孩的手

横穿马路时，她的目光仿佛已经有了弯曲交错的皱纹，而那个女孩像一只鸟展翅飞行时总是会戳动她内心的闪烁或分裂的东西。她会渴望见到这个女孩，渴望看到她嘴唇上的口红，渴望那个女孩子把快乐带来时，一根以往的绳子穿透她的身心，使她再次感受到在一种平静、瑟瑟和伤心的挣扎之后又进入另一种状态，于是，她会看见自己拥有的紫色——正是吸引女孩到她身边来的诱饵。

昔日的小狐狸已消失

隐居者——仿佛是居住在一座无人知晓的陌生旅馆里打发掉无聊的时光和埋葬那些零星枪弹的响声，尽管他们并不想告别人世，也不想永远居住在旅馆里。她真正的隐居生活是在一个看上去暂时平静下来的下午——随着时间的推移她现在已经随着一个不眠之夜到达了另一个不眠之夜，随着时间的推移她暂时把自己藏在旅馆的深处。在那柱子的阴影中，她的鞋子依然是黑色的，没有任何事件的发生说明她为什么要来到一座陌生的旅馆获得一种真正意义上的隐居，对她而言，任何一种行动都是无法解释的，它的真正意义正源于那种无法解释的可能性。

并不是为了男人才隐居，好长时间，她的生活中都没有男人，把她带往彼岸时的那种生活现在出于相反的倾向正朝着海绵似的阳光栖息地而腾起，男人在这样的时刻并不太重要，甚至连意义本身也丧失了，所以，需要说明的是她的隐居生活不是为了男人。

那么，是不是厌倦了自我？半个世纪以来，这种厌倦自我的方式一直在帮助她搅拌或吞咽食物，有时候甚至会在她脸上找到一种粗野、冷漠的神气。尽管她已经朝着直线运动过，生活在一只冒烟的烟囱的屋顶下使她既没有跌下去又没有站稳。问题正是出在这里，就像看到了银子骤然射出的光芒，问题也许不是出在这里，而是出于那种对事物和生活的好奇。她的身体除了体验之外也在倾斜，这是女人脆弱的方式，这也是她对抗生活的方式。厌倦自我之后再次潜入黑夜，嗅见自己身上那种执拗的味道——她在裙子和内衣中一遍又一遍遭遇到自我的肆虐之后又用双手来守卫它、保护它。

但她的隐居与这些毫无关系，你不会猜出她趴在那块

海边旅馆的岩石上是为了什么。在半个世纪里，她顺从于自己的预感并将一些预感中的生活根植在没有门和牵引、没有枪栓和子弹铸模的地方，隐居使她成为被人遗忘的人或被人寻找之人。但她也许会突然在旅馆中意识到只要不死去，哪怕是精疲力竭，她都会不断变换一个问题——生的忧虑和快乐。

她看见了旅馆的守门人向她微笑，这是多少天她唯一感受到的虚幻。然而，她好像是并没有找到这种隐居的意义。

我的肉体可以化为灰烬

那几乎静止不动的水壶突然在房间里发出爆炸声，她烦躁地带着自己的身体与各种物体相碰，她的更年期像一根燃烧的电线。哦，那些果园中蓝色轻盈的湿气到哪里去了？她裙子发出的簌簌的声音仿佛在违背自己的原则——她正建造着一座孤独的城堡，想以此来抗拒她的 50 岁——一个难以减轻的年龄，一个难以变得轻盈的年龄。

她觉得她似乎被遗忘了。她被抛在一座孤零零的城里，本能地推开了水壶，发出响声的玻璃片随着一股水渍把她心灵中荒僻的地方濡湿。她的身体是如此难受，既没有疼痛，也没有伤口，那种干燥的难受在她进入 50 岁时把她的躯体置入难以言喻的变化之中。她的 50 岁，哦，她抬起头来看着窗外那些五彩缤纷的女人，哦，她的 50 岁进入了更年期，进入了一个女人身体干燥的时期，哦，干燥，她会嗅嗅四周，问自己是不是被南部荒原上的干燥的气候耗尽了？

她的 50 岁先是使一只水壶成为碎片，接下来是使一个镜框从墙上掉下来——她感到自己想让别人发怒。她挥起宣泄的手臂，但身边一个人也没有。她意象中的一个情景突然升起，在她进入 30 岁的某一次南方旅行中她闯入了一片丘陵，那个早晨她看到一片低洼的池塘，几丝雾滞留在池塘上面，这个意象突然使她平静下来。她的 50 岁，既面临着更年期，也同样进入了沉郁的又一个女人的“高潮期”。

没有粉红色的呻吟和颤抖，也没有紫色时期的那种空虚的幻觉，乳房在下坠并且在那浓密的黑暗中她第一次意识到身体中那些潮汐会在峡谷深处变得干燥。接着，她伸出手去找到了她的笔记本，在她的笔记本上一团灰色的泡沫涌出来，使她叮嘱自己应该披着古老的披风接受这团泡沫。

她的 50 岁——上面羁绊着优雅的符号，可以战胜空虚、破灭和最后的末日闯进来的符号，这些无所不在的符号，正是她所接近的另一个“高潮期”的到来。她的 50 岁的衣裙的花边已镶上了黑色，每当她朝后仰起头，看见一只钻进洞穴的地下动物被她的目光所威慑着，你就会深信女人，即使她们进入了更年期，她们身体中的符号仍然可以穿过洞穴。

图像五：纸牌

决定跟着一个男人

她进入 50 岁的某一天决定跟着一个男人去私奔，她看见他用剃须刀刮胡子时爱上了这个男人，这好像有点莫名其妙，不过，爱情就是在莫名其妙之中发生的。私奔似乎是他们两人唯一可以选择的道路，为了可以陈述两者的那种爱，他们不停地想依靠各自的瓶子，因为瓶子里装着他们的秘密。有时候，一个男人和一个女人的关系，也就是各自追问对方秘密的故事，她看见了他的剃须刀看见了他的脖颈——这个男人让她感到自己有渴望、有激情，尔后就是他的秘密，她想了解他，只有到路上去，他们才能够摆脱那些善于窥视别人私生活的眼睛，于是他们开始私奔了。这不是她的 30 岁，那时候爱上一个男人是自然的事情，跟着他和他私奔也是自然的事情。而现在她已经 50 岁了，她再也不会像30岁的那个女人一样贮藏了取之不尽的勇气和取之不竭的力量。在她30岁时她可以神秘地消失，然后在一根折断的树枝下面与那个私奔者日日夜夜地做爱。

现在她已经50岁，谁也无法想象当她看见他使用剃刀刮胡子时爱上了他。这是爱吗？她是被再一次蒙蔽了还是果真像过去一样想找到另一片折断了树枝的草地——她拎着箱子，她似乎没有更多的时间回首往事和思忖那些已变黄的旧报纸上别人的爱情故事……当的一声，她听见他的剃须刀掉在他们私奔的路上，乘车和船时她都会看见他使用剃须刀，他是一个很爱整洁的男人，很显然，他也是一个很有秩序的男人。是什么东西使他带着这个女人私奔的？每当黄昏，她都会静靠着他的肩膀，她渴求去了解他，不仅仅了解他的身体，也想了解除她之外的女人。所以，她看着他的剃须刀和他的面孔，从一个港口到另一个港口，她有时会感觉到她身边的这个男人正用一种心不在焉的神态看着窗外。在私奔的过程中，一男一女在狂热的风暴之下生活，同时也在风暴之中了解着对方。

她是私奔者，跟着一个离不开剃须刀的男人，但是，除了了解她可以看得见的剃须刀她又能了解他什么？他带

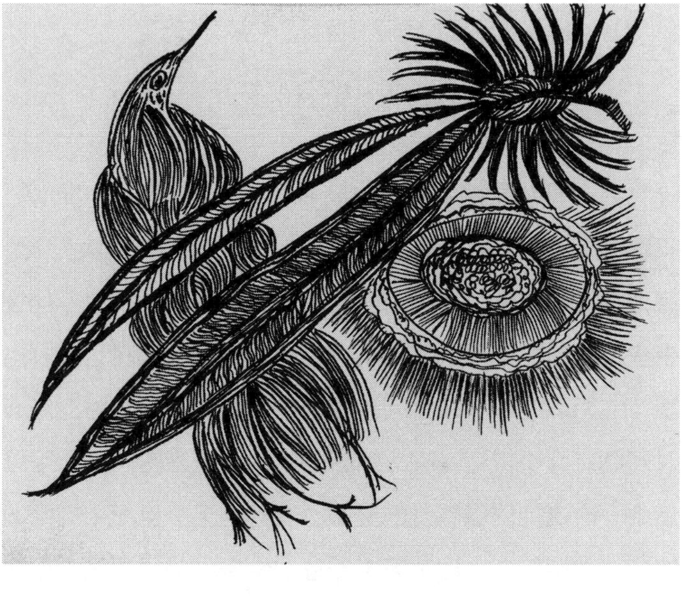

着 50 岁的她，这是已不再年轻的躯体作为一个女人却蕴含着他可以取之不尽的黑色。当他的剃须刀转动时，她就从背后看着他。

纸牌中的秘密

有一只沉重的手似乎在抚摸她，其实是需要她回答。问题越来越多，虽然她已经在这座城市住了半个世纪，哦，磨损的椅子扶手边缘已不像从前那样光滑。当那只手伸过来抚摸她时，屋顶、舞台和雨中淋湿的长发都在记忆中出现，他们现在却等待她回答，她带着传统的忍耐力已经面对问题有几个世纪。哦，她感到黑暗从玉米粉圆饼和香槟酒中一次次地洗涤着她的桌布、窗帘，半个世纪中的问题期待着她回答。一切都无声无息，尘世中的一切杂念在缓慢的梦想生活中已被道路上的植物渐渐羁绊，而另一些欲念上升时，她的颧骨舒展开来。现在，似乎有一个人问她，并且用一只手触摸到了她关键的时刻对待活着的态度，也就是她进入另一境态的态度。哦，她已不像从前一样敏捷地在人群中走路，她眼角的鱼尾线隐匿着时间滚动中留下的一道道尖锥，她尖声叫道，她使用过的肥皂水为什么卷起了浪花，并且只让她在深夜呻吟。然而，有一双手伸过来让她镇静并让她像一个幽灵推开了手中的纸牌，那些纸牌可以让她尽情地沉溺于另一种感觉，寻找另一种知觉。当手上的戒指已经悄然脱下，从事香烟买卖的女友举行了第四次婚礼。而她的晚餐，床——以及她脖颈上已经分散的那些忧愁此刻正在她的一副无法抛开的纸牌上。当她的同盟者找到她并把一只手伸过来触摸到她容易颤抖的膝头，他似乎在问：你好吗？你幸福吗？发生了什么事情，告诉我到底发生了什么事情？

纸牌换了一次又一次，在异常沉闷的日子里，纸牌上跳动着不可以提示的秘密，这是她的最高原则，对于苦难和生活中龌龊的存在。对于陷入绝望的她来说，她生活中的最高原则在那些轮流在她手上移动的纸牌中隐藏着。

活着的问题——在一层脆而薄的窗棂中被阳光吸收，被梦里那些动人心弦的悬念所覆盖。如果想让她回答她为什么活着，哦，瞧瞧她手上那些纸牌，仿佛意味着她置身于一道树篱或一片灌木丛后面。在变为粉末之前她用两腿轻轻一夹，这就是说她在崩溃之前仍与你絮絮而谈，仍在从她的纸牌中找到明亮快乐的台词。她的那副纸牌伴随她已经多年，自从那个南方的女祭司预言过她在大难临头时会寻找到魔杖之后，她就深信，世上有一种预言，它在自己内心涌动。

平静的旁听者

他们正在继续寻找风化之中的佐证和虚无之词，她静静地听着他们的言论。这是一群人坐在一起，把经验互相交换，把合乎逻辑的精神活动重新拆散、解体的时刻。他们将他们生活中的质疑带来，同时也带来了他们生活中某个血迹犹新的时刻，然后似乎每个人都想掌握一根魔棍敲敲牛皮鼓面，让鼓面上的声音溢出并散布到更远的地方。

她只是一个旁听者。坐在一角，被他们的烟味、身体的气味缭绕着。倾听他们的声音，她并不惊异人生会有如此多的纠结。是的，她喜欢“纠结”这个字眼，这是一个模糊的字眼。人们在谈论他们的命运的时刻，她意识到世界上不仅仅只有她在承受苦难，这些正在寻找魔杖并想在皮鼓上敲出声音的男人和女人，他们说话时激情洋溢，根据他们家族的传统和各自的血缘关系。这是一个舞台，唤起了他们回忆的能力，因而，他们将一桩桩悲惨的和荒唐的故事从牛皮鼓上传达而出。

置身于人群可以让她获取无数生活信息，就像面对她的女友坐着，她可以絮絮叨叨地倾诉，也可以听到女友的抽泣声和笑声。人群是她的另一个重要的世界，在穿着灯芯绒裤和夹克衫的人群中，时光像一根飘带，在那一处处可以见证时光和烦恼的言说中，她的心灵可以达到平衡，可以寻找到人们被抹去的记忆。

她在这种集体的聚会中得到一种充实，而且那些梦想者和感受生活的人，他们已经同她一起从童年走到了现在。禁锢着他们的也许是安宁的忧郁的梦，但他们的梦在牛皮鼓上的创伤里得到了事物的抚慰，得到了镜子的照耀。

她身边的那些伴随着她行走了半个世纪的朋友、陌生人和亲人的叙述，使她似乎可以感受到“一棵树，一栋房或一个童年……”

她是一个诚挚的旁听者，有时候她也会掌握那根上帝

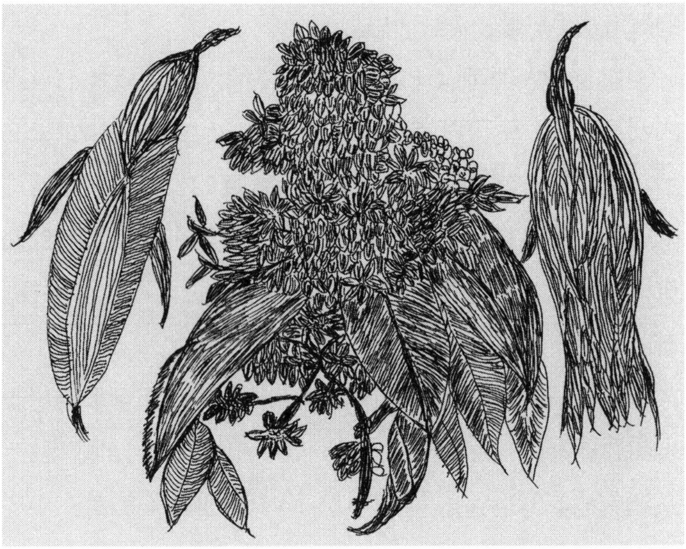

给她的魔杖，寻找到一面牛皮鼓，鼓声代表全部喜悦和忧思，代表一面真理的镜子。

从诉说者变成旁听者，她似乎坐在秋天的一把木椅上，秋天浸湿了她的衣裙，她会想起一顶金黄草帽，她曾戴着那顶草帽沿着南方丘陵追逐过一只蝴蝶。

现在，她平静地变成了旁听者。

女人的存钱罐

从某种意义上讲，一个储放硬币的罐子就是一座小型的银行。

当她还是一个小女孩时她就拥有一个密封的罐子，不是用来蕴积水和酒精，而是每当手里有硬币时就丢进去。那只罐子只有到了最需要的时候才会被打开，这是母亲送给她的小罐子，也是母亲交给她的游戏法则，其意义贯穿了她的一生。钱的命名无处不在，它的命名方式来自世界的根源。后来她成年了，她独立了，她找到金钱的叮当声了，她的钱比过去更多了。女人一生中都在享受金钱带来的意义，也就是享受母亲交给她的游戏法则的美丽。

女人一生都在积蓄中生活，她们勤俭持家，她们注重钱的未来性和实用性。因为她们知道金钱就像词语和人生一样需要积累。她们从小就有了一个罐子，响声发出来，这是钱的游戏法则，不到艰难时刻，罐子里的钱永远都是密封的。后来呢？生命中确实有一只古老的罐子存放在女人的身旁，女人们越来越了解生命，也就让罐子中的响声更大。哦，那只古老的罐子是女人的存钱罐，也是她们从童年的曼舞中开始的游戏。

现在她的罐子正发挥着作用。那只罐子除了给她带来一幢房屋之外，还给她带来了生活中再也无法封闭在罐子中的响声。在最艰难的好几个时刻，是那只罐子的响声帮助她转危为安。

积蓄给她带来了微不足道的弥补，但只有通过那道峡谷，她才能走到平坦的大路上去。虽然有关金钱的问题到了生活中，并不像那种响声一样悦耳。金钱在现实中不经意地就蚀空了某些人的心灵，她看到了许多人为金钱的挥霍疲惫而死，她也看到了许多人为金钱展开了杀戮。到了后来，她还看到了金钱并不仅仅是那只罐子中简单的游戏法则，它还以无边的欲望吞噬着他们鼻子的嗅觉。

而她呢？她仍保持着那只古老之罐，其目的是为了让它永远伴随着自己。当然，没有谁比她更清楚，那只罐子除了游戏之外，也帮助自己战胜生活中的现实问题，那只罐子在她这里从来不会发生战争。

她绝对不会为那只罐子去死。

这将有助于她对生命赋予一种新鲜的回忆，在那些崭新的红木家具里，有着她过去时代的希望，而在这幢窗明几净的房屋中则隐藏着她的梦。她想拥有自己的一套房屋，如今，她多么忘形，多么得意。

不停地上楼梯

人生就是不停地上楼梯，也就是说人生就是面对着一级级高高矮矮的楼梯，这个道理永远是如此简单，而她发现，她已经不可能像过去一样叮叮咚咚地穿过楼梯了。她的双腿并不是缺少了原来的节奏，而是她一边上楼梯时一边咀嚼着一天的生活，这样她上楼梯的速度就自然放慢了。

在上楼梯时咀嚼一天的滋味在近年来已经是她的习惯，一天中的生活她扮演着多种角色，她把自己处于角色中的位置交给了别人，与人在一起，有些人让她疲倦，有些人让她厌倦，有些人给她带来了美感和愉快。是的，她会在上楼梯时才意识到她把钥匙遗忘在别处了。楼梯总是在脚下出现，它除了帮助人提高脚底的忍耐和韧性之外，还使她在上楼梯时感受到自己的心跳，而每一次心跳都不一样。脚把交错在一起的左右脚不断分开，向上攀缘使她喘气，然后到了顶处。在她掏出钥匙时她已经到了一个地方，她往下看，她听到别人上楼时的声音，那是一个少女在上楼，她哼着歌声，楼梯似乎是她脚下的滑轮，她会被这个少女的滑轮感动，她竭力想找回自己充满稚气的声音，用脚上楼梯时在滑轮上轻松地移动的声音。后来，取而代之的是一个老人上楼梯时的声音，这个老人是在真正的攀缘，她看见过那老人用右手抚着扶梯，一边上楼一边喘气。过了一会儿，她打开门，血液中升起一种悲哀、迷惘的色彩，她被楼上的声音，各种各样的上楼者的声音笼罩着。

一个穿高跟鞋的女人正在上楼，她大约 30 岁，从高跟

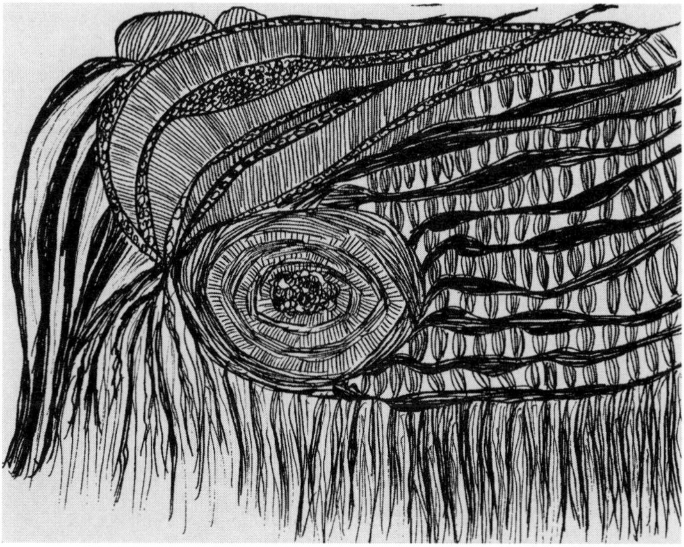

下发出的声音就可以辨别她穿着一套淡蓝色长裙，她个子修长，身体温热、柔软、潮湿，她上楼梯时竭力想钻进一个莫测高深的梦呓之中去，竭力想到达她的住宅，抛弃一个留在她身后的影子和意象。

而她呢？她显然已不是那个乘滑轮上楼的少女，也不是那位寻找扶梯才能上楼的老女人，更不是那个穿着高跟鞋，配上尖长的指甲贴着自己柔软的腹部，颈部垂直地抵达温柔之乡的女人。她与所有女人不同的地方在于她在上楼梯时感到自己并没有在飞，也没有在下降，而是她的身体似乎是一架风琴，在攀缘时，那架风琴就会张开，通过抵达的过程，她学会的唯一东西就是呼吸。

或快或慢地跑

奔跑是一个令人神秘莫测的词，对于她来说奔跑就是把疲倦的呵欠和厌倦的游戏、无法抵御的诱惑迅速抛弃的最好时刻。在她最怯懦时她在跑，有时候，下的赌注越大，她跑得就越快。血液环绕脖颈和脚踝，在跑的时候，她仿佛又是在追赶天边那些模糊苍白的星体或星云。

事实上在她五十多年来的生活中，她一直都没有停止过奔跑。在夕阳反照下，没有人能理喻为什么她会突然之间跑出来。她已经不年轻，看看她的身体正成为一道影子，在越来越暗淡的夕阳之下，她跑了起来，虽然在她身边，在她影子之外，还有一对男女也在慢慢地跑着，分开，缀合，但就在她影子之外跑着。

在奔跑起来时，她一直向往进入油绿色的小树林里去。在那寂静、阒无人迹的林子里，似乎没有人会窥视到她的怯懦和许多险境。有时候她想沿着一条河堤奔跑，青草和湿土的清香在长堤之外弥漫，她要奔跑过用她化开的黑色墨水流苏似的在字母中荡漾起来的那些词：忧郁、谎言、爱情、生育、危险、金钱、忏悔、冷酷、婚姻、绳索……所以，她要从长堤跑到一座可以把她隐藏的房子里去。女人最终的归宿之地仍是房屋，那是一座可以抑扬顿挫、放声高歌的房屋，也是一幢凄楚动人、令人心碎的房屋。

在她的房屋之外种满了杨树、白蜡树，还有刺槐，她在那些树下用双手摊开一滩滩金黄色的水洼，并在里面筑巢。当筑巢的过程中她迷失了方向时，她永远都会面对她的幽灵，如果那个幽灵不在身边，她也会找回自己的幽灵。

跑，一场移动的速度伴随着令她晕眩的节奏和弧线形的卷曲犹如鳞片一样剥落开来。她在纸上写道：跑或者说奔跑对我起了什么作用？从童年开始时我就在奔跑，直到如今我仍在奔跑，现在我总结了一番我跑的历史，我慢慢地明白跑的最大价值在于我用时间证明了我依然活着，即使受了伤害，被人抛弃仍然活着，并且曾与所有的人一起分享奔跑时的速度。你知道，奔跑者，最大的幸福莫过于体验到那些或慢或快的节奏。所谓慢，是为了使光线分散，在朦胧的穿越之中，你会看不清楚狮子与你对立时的关系；所谓快，则是为了绕开已熄灭的火炉，绕开那些熟悉的口诀。

醉酒的时刻

她醉着，在人群中，她的面容疲惫，涂抹的脂粉被酒精燃烧后化开。随着岁月的变化，她开始贪杯，而且她惊讶地发现自己的自由竟然能够吸收大量的酒精。酒精在耗尽她嘶鸣时的激情，她醉着，无非是想让自己停留下来。她累了，她困了，由于失眠，她的黑眼眶越来越黑，这使她的双眼更加深邃，坐在对面的男人，害怕看见她眼睛里的深邃，他们会找到许多托词，用来逃之夭夭。

她在醉的时候似乎可以更接近自己的内心世界，有时候，一个人的内心世界距离自己是那么远，这自然会导致危险的“追捕”和自我的“围剿”。自我可以放在橱柜、抽屉和相册中，也可以放进拆开的迷宫之中去。迷宫可以因此拆开吗？你见过被她拆开了的一座迷宫吗？当她醉时，她就在慢慢地把那座迷宫拆开。她想：这就是我醉酒的时刻，四周一片荒凉，有时候连一只鸟也不会飞来。时间又到达半夜，粗糙的布景也不适宜安排下一场戏剧的上演，稍不留意我就会在这荒凉地带冻僵、被人遗忘；她想：这就是我醉酒的时刻，我好像置身于我的历程和故事之外，这时候一些漏洞和模糊点归于开满鲜花的斜坡中的一条线，我是在直线和斜线之中学会眺望的，我是在自己的监禁之中学会偷情的；她想：我经常陷于束手无策的时刻，陷于一种无形的，又难于形容的波动的状态。我爱过的男人，他们总是象征着一种危险或死亡，他们是我的寓言人物中

最致命的冒险者，因此，斜阳无时无刻不在掩饰着他们的过去。这些男人，我曾虚拟过他们死的每一个瞬间，这给我带来一种惊人的乐趣，这就是我成为一个悲哀之人的时刻，他们无时无刻不在，并在我眼睛低垂时让我有勇气去发现他们留下的痕迹……

她想：我醉着，我越来越发现，我们所犯下的悲剧和错误正是我们可能进入一座安静的大花园的时刻。毋庸置疑，我对一座花园的香气异常敏感，它使我晕眩，使我遗忘，也使我善于用脚去徜徉奔走……

她想：为什么会酩酊大醉？我似乎刚度过一场骤然发作的大病，我没有死，这是我的幸运，我换了个位置与你干杯，无论你是男人还是女人，只要你用心与我干杯，我就会让你发现我会酩酊大醉，除此之外，一个季节接一个季节的递进，人生有道德训诫之外的另一件事急需你去做。

同盟者

她的同盟者抵达她的寓所，帮助她度过了半个世纪之后她无法忍受的那种空寂。起初他们竭力咀嚼着回忆，她的同盟者一直站在她对面，发出的声音使她受到了鼓舞。从此以后，她的同盟者总是在最危急的时刻出现，凭着他们之间的那种默契，也凭着他们之间的信赖。现在，他们已进入一个新的时刻，种种危机在他们生命中出现，尤其是她，每当鞋子发出声音时，孤寂就会向她涌来，那像火焰的身体——现在逐渐迫近一面水池，那像镜子的心灵——现在却在缅怀着往昔的智谋，所以，她需要另一个同盟者，他是她的故人，甚至也是她的挚友，但他要看穿她的怯懦，帮助她把陷在沙里的脚拔出来，重新经历与水的分歧或与时间对抗的分歧。只有找到新的分歧点，人们随波逐流时才能够支起双膝。他将站在她旁边，她的同盟者盯着她的眼睛，他早已领教过死寂之中的荒漠，但他不是别人，他是她绕着水走，绕着河走，绕着火焰时最好的伙伴，是他看见了她脚尖上银色的圆圈，也是他看见了她下滑时身体被蜷曲起来的疼痛和后来优美的曲线，所以，他总是站在她的对面，是她的同盟者。

现在，她的同盟者抵达她内心的恐怖之乡，他发现岁月使她发生了变化，她比过去更聪明了，但也比过去更容易坐下来倾诉，只有内心的恐怖达到高潮的人，才喜欢倾诉。

在最恐怖时，她的同盟者与她支起了河上的三脚架和帐篷，事情开始变得简单起来，这就是他和她的意图，让一切过去和现在的事情通过复杂而变得简单。正合他们结盟的目的，这是为了帮助内心的生活宛如葵花籽落进潮湿的河堤，是为了让真理的证据在肉体能够穿越的烈焰之中燃烧，而不会化为灰烬，是为了到达时间的门槛边缘，当脚踏进去，以一种宁静的颤音结束一种对现实的欲求。

她的同盟者，她的伙伴——究竟要伴随她多少年才能解决他和她之间注定要承担的“无去无从，无升无降”的战争；究竟要伴随她多少年才能让她和他的目光从相遇到黑暗——并且在黑暗中也能够找到分开的圆形事物的影子，并且用双手紧紧抓住那团影子而齐声歌唱，歌唱他们难以分开的同盟生活。

床上回忆

现在的床每天晚上仍然是她的梦境上升的地方，也是唯一的地方。她相信她仍在与时间做游戏，床上的时间——在黑暗中浸泡着她的躯体，终于摆脱了碎裂和震耳欲聋的唠叨之声，床可以说是她欣然上岸之后找到的最隐蔽的私人庇护所。在此刻，一切都是松弛的，床，是她升起梦之前的栖所，在梦升起之前，她必然为梦的上升做些准备。

没有时间秩序的回忆使她的头埋在枕头里，缺乏时间顺序的镜头又像存储已久的圣树发出芳菲。她在那只枕头里竟然让自己的头显得那么安详，因为她偶尔想起的一件事和一个人使她开始松弛起皱的嘴巴开始沉默。她正用心猜测那些无法销毁的秘密痕迹所产生的影响，到底有没有把她身上那种用之不竭的东西重新藏匿起来。她在床上辗转反侧，睡态已不像少女一样纯净，她仿佛已过了娱乐时期的躁动年龄，而且已不会享用在裙子和扇子的摩擦声中的狂欢，她自愿幽禁的生活仿佛在命令她的身体回到平凡而沉静的幕布后面去。此刻她要上升的梦正从床上开始慢慢卷起来，裸露的脚踝和裸露的三分之二的身体永久都镶

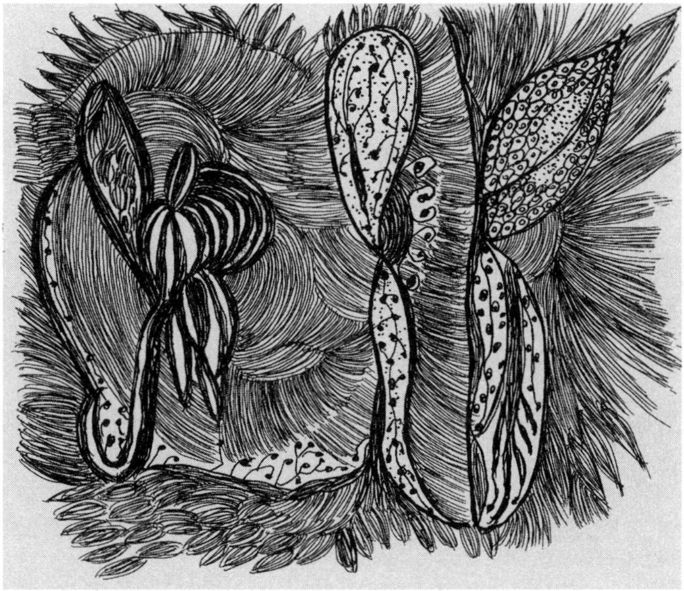

嵌着一种许诺，这是给予梦和时间的无声的许诺：在一片橘黄底黑色花纹的帷幔后面走出的她，终于把一阵阵如释重负的叹息声抛弃，梦境中走出的她似乎更宜与不同的形象重叠，与不同的时空更迭。这是旅行，她在一种动物粪便笼罩的自我中发现自己竟然在面对一头狮子……

床在她即将走向那头狮子时把她重新拉了回来，在她走投无路时她已经看不见梦境之中的那头狮子，她在床上醒来，终于发现自己置身于不变的布景之中。然后，她会听见那只养在玻璃鱼池中的鲫鱼正在寻觅吃食。她重新伸展开双腿，使她的身体保持着最舒服的状态。离拂晓还很遥远，离她将要去旅行的奔腾的河流还很遥远，那么，好好睡一觉吧，没有梦的睡眠更难以界定她是在哪里，她到底是一个幽灵还是一个鬼魂。

床，她还有足够的时间来到她自己的床上，当那种恍惚出神的状态又进入了女人的意识，她的意识在梦里成功上岸，就像她女性的真实被情欲卸载下来，就像她在迁徙之中到达目的地时大声说：把我的木床放在卧室的中间。

拐　杖

声音仍然是那样执拗，就像她对母亲的记忆。母亲在摇动着铸炼词语的炉子，只不过此刻母亲正用她手中的拐杖去说明她进入老年生活的迟钝的敏感期。当她的身体变得适缓之后，她正用拐杖撞击着对她来说凝成硬脂的路面，赋予那副手中的拐杖以神奇的力量，把她的老年生活铸炼成另一种词语。虽然这声音听上去显得有些慢吞吞，虽然母亲已经被一生中悲哀的记忆和幸福的记忆同样地铸炼过，并献出了她身体的重荷，但她如今却有了另一种武器——拐杖。

这是她听到的旋转的另一种声音，在她体验过同情心之后，她开始找到了那副拐杖，当然，这是她上次探访母亲时送给母亲的最特殊的礼物。她原本以为这副拐杖仅仅可以帮助母亲度过衰竭的老年期，用以增加她手的力量。拐杖的到来意味着母亲的另一种生活将到来，母亲告诉她，她拄着拐杖走过三条迷宫似的小径去探访了她的一位老朋友，她还在这副拐杖在地面上发出声音时，在一个即将下暴雨的下午跟随一支蚂蚁的迁徙队伍，直到抵达那棵杨树的巢穴。母亲还告诉她，当她一个人置身于黑暗中时，她就抚摸着这副拐杖，她仿佛在黑暗中看见了云朵的释谒。尽管这副拐杖不会成为她的玩具，有了它，她却可以从黑暗中再次走出去，她有一个愿望，依附于这副拐杖，她想独自做一次旅行。

她禁不住问母亲，你想到哪里去？

母亲诡秘地对她一笑，母亲已经有好多年没有这样的微笑了，那种诡秘使母亲的形象变得无法猜测。她想到哪里去旅行，这成为她关心的一个问题。母亲握着那副拐杖——她的步履会越来越蹒跚。毫无疑问，时光已经耗去了她许多的力量，而她的旅行仍在继续——这成为母亲的一个秘密。母亲决计要摆脱任何人，只让那副拐杖伴随她去旅行。

母亲又对她诡秘地一笑，就在这时，她突然理解了母亲。你能想象一个老人独自带着一副拐杖去旅行的经历吗？而你将无法想象出她会到哪里去？就在她听到的从路面上发出的声音里，她隐隐约约感到母亲到达了码头，然后是一条船，然后是海上生活。她还看到母亲在许多旅行者之间正用那副拐杖寻找池子、深度，寻找扶栏、喷泉和一个休止符号。

男人们的逃之夭夭

就在我们迷惘时，男人的面孔上浮荡着一种十分微妙的特点。他们是狡猾的，他们是生性懒惰的，他们是玩世不恭的，他们是愿意赢或输的玩家。他们就是旁边、隔壁、电话里，他们的面孔有晃动的犹豫，有苏醒的色彩，有疏忽，有残忍……男人就是那种在世界的各个地方，在梦幻的楼梯上一脚踩空，滚了下去，但当我们睁开双眼，又站在我们身边的人。

从夏娃的年代我们就认识了男人，夏娃把她赤裸着面对男人的感受告诉了我们，夏娃似乎在说：我是创世纪中的一个女人，我感受过亚当，他健康勇敢，他迷惑着我，你也会因此被迷惑，但男人们也会像女人一样脆弱。

因此，我们睁开双眼再一次去重新审视男人，男人的脆弱使他们的皮肤呈现出青黄色，而他们的眼睛半睁半闭……男人们脆弱时，女人们便想到了他们勇敢时的特征。而鸟鸣正在穿越灰尘和树叶的凋零，男人们就在这时开始出发。男人们是泥做的，他们要去灰尘中挣扎，尽管他们的面颊上到处都是沙粒和世俗世界的铁锈色，但他们的面

孔也会有令人心醉的时刻。

一些少量的富有诗意的眼睛，在我们的未来里指出了一座迷宫的小径，他们有时候是温柔的匕首。与男人的目光相遇，作为女人，似乎永远难以望穿他们可悲而又琐碎的另一面，但男人们的面孔更多的时候却是女人们梦中的景色。

另外，男人们的逃之夭夭大都是被女人看见或感受到的事物和场景，这是一种极其普通的经验，每个女人都经历过。为什么每个女人都可以证明或者讲述男人们逃之夭夭的故事呢？突然之间我们已经通过一个故事看到了那个场景，男人们出现在目光之下，他们辨别、挣扎、拒绝，因为他们是世俗生活的影子，他们几乎无力承担世俗生活的全部意义，也就是说在面对一个男人与一个女人的关系时，一旦漏洞出现，逃之夭夭的总是男人而不是女人。男人们奔跑起来后，他们逃向哪里呢？也许他们同样是世俗之人，所以他们逃向他们的巢穴，巢穴的好处在于没有人会看见他们的欲望之光，没有人会看见他们虚弱的双臂垂下。也许他们是世俗之人，所以，他们开始寻找到了奔逃的意义，他们需要用他们的证词来解释他们拆毁契约之书的价值，他们用来掩饰他们那卑劣的虚弱内心的是所有充分的理由……于是他们在逃之夭夭的走廊上找到了他们上升的梯子和避风港，他们摆脱了过去的诱饵，摆脱了生命的另一种意义。所以，世俗生活的全部传统教会了他们在危境中逃之夭夭，而女人们看到了这一切，女人们相互传播她们所感受到的经验，她们说，别去理会那些逃之夭夭的男人。

那么，后来发生了什么？难道女人们果真头脑清醒了，难道女人们已经看穿了世俗生活的意义。她想女人们还没有变得这样通体透明，所以她们一方面目送着那些逃之夭夭的男人们远去，另一方面，她们也在明眸传情，这是一个世界的悲剧。

情　欲

她一生中的情欲有时候在想象中发生，有时候在现实中呈现。她越是渴望自由，那么从身体中诞生的情欲就会发生在想象中的某个地方，甚至发生在从未在她生命中出现的某个人身上。如果现实中不存在那样一个人恢复她年轻时代的激情，亢奋像潮汐中的沙粒席卷而过，那么她宁愿去想象一座旅馆和一个并不存在的男人。她几乎根本不了解那个人，情欲就这样来临了，在那天夜里，在那座南方的旅馆——他们本可以从凹陷的地方找到一个说话的地方，但她的情欲就这样放进了那个人的口袋里，放进了他衣扣的颜色里去熔炼。这种情欲不需要了解一个人身后的巨大屏障，她的情欲是想象中的，她发了疯似的爱着那个陌生人，准确地说是一个毫不存在的陌生人，她渴望那个陌生人和她走进那座旅馆里，掀开她的裙裾，看见她古老的洞穴。她就这样产生着她的情欲，对那个陌生人的情欲比她所有发生的性事都让她激动——她拉开窗帘，她已经不是那个年轻貌美的女人了，所有音符的节奏经过了缓慢之后变得干燥乏味，她有时候觉得自己一定也会令别人乏味，但有的时候，就像此时，她的情欲也会在想象中大胆地升起来，拉开了窗帘，她看到了许多陌生人，但她想象中的那个陌生人并没有在窗外出现，激起她情欲的那个陌生男人并没有像置身窗外的人群这样清晰。

她渴望着与那个陌生男人在一起，渴望他们能置身于瓷器、扇子和玫瑰花的气息中做爱，她可以把她交给他，在那个陌生人那里——她会力图使自己忘记从哪里来，并且延续着时间。而她竟然在自己升起的想象中，与那个陌生男人待了很久很久，她的情欲使她的身体从未这样热情，也从未这样癫狂。

慢慢地，那个陌生人真的不存在了，她回到了现实，她的情欲变得冰冷。在体验中，她已经与那个陌生男人走近那座旅馆过了一夜又一夜，并且在刚开始了解对方时便消失了情欲。事实上是她在回到现实中时，把她的情欲和那个陌生男人交给了她揭示的那种虚无的理想，爱和情欲都属于她的理想。

解　开

有一天，她下了决心去面对那个伤害过她的男人，在这之前她从未有勇气去面对她。时间已经过去了十年、二十年，她一直在回避着他、逃避着他，仿佛一见到他，她的伤痕就会重新开始疼痛。她害怕他，她也恨过他，时

间终于使那个伤害过她的男人给她重新打来了电话，她害怕他，恨他是因为她曾经对他付出过最深的情感，如今，那种情感已经变得平静了，难题终于解开了。

她坐在他对面，她想起他们躺在黑暗中的情景，回忆并没有使她升起爱欲，难题已经解开了，她能够平静地面对他，畏惧和仇恨也消失了。两个人曾经是囚徒，经过了时间重新坐在一起，他们不再是奴役对方的人，这个难题就这样解决了。女人，她现在理所当然地可以告诉他，多少年来，除了他之外，她还碰到过另外的男人，离开他以后，也就是说被他伤害之后，她一往无前地投入了深渊——这是时间的另一种池塘，这是墙下的生活帮助她打开了囚笼的过去。很显然，只有到这时他们才会解决那道难题，她的天性中已经打上了几个删除号，他现在只不过是她必须面对的一个老朋友。

这需要多少时间，才能将这种关系简化，才能让那种疯狂的记忆变得平淡，一个爱情的故事经过了十年、二十年才解除了这种关系。他试图吻吻她那冰冷的前额，他可以吻她，带着那种记忆，但她表现出来的礼貌伤害了他。她没有想到这样做会伤害他，正像多年以前他并不知道同样会伤害她一样。

一种抒情的关系在他和她之间又开始重新延续，因为没有任何关系可以替代他和她之间的这种关系，她知道，除此之外，他们可以重新不见面，把琐屑的谈话尽早结束，要不，就是选择一种抒情的关系，一种除了男人和女人亲密关系之外的另一种关系。

无论如何，他们已经不可能伤害对方，他们活到现在又重新见面，就是为了在另一个空间里找到始终如一的问题所在，也就是他们之间的难题所在。

她体会到，只有在堆放祭品的地方才会寻找到回忆，所以，她和他重新见面，她还体会到了只有在解开了难题之中，才会觉得生活就是在谐语嬉谑中重新堆放祭品。

甜蜜关系

他又重新占领她的领域，在她活着时，他还要占领她更多的东西。一个睡意蒙眬的夜晚，他敲开了她的门，而她则像小女孩一样趿着木屐（她一辈子都习惯穿这种木屐，因为木屐会让她接近自己名副其实的声音）前去开门，接下来是扑进他的怀抱，正像她在岁月叠折的这么多年她所想象的一样，他脸上布满了皱纹，褐色的皮肤有着休止符和诗意的孤独。当她帮助他解开第一颗坚硬的铜纽扣，尽管如此慌乱，她看到纽扣似乎褪了色——他用那颗坚硬的铜纽扣唤回他们永久的秘密，并刺激着波动的情欲的同时，也在用那颗铜纽扣证明他是从她经常展现的布满了凹陷的斜坡上走过来的。只要他活着，从他脊椎深处震颤不已的就是她伸出手解开他第一颗铜纽扣的时刻，这似乎浓缩着二十多年的回忆。他们是情人关系——即使时光压皱了、磨破了他们约会时穿过的衣服，但他仍然会穿过时间和空间中羊群的哞叫声来到她身边。即使他们在一座经历了历史的千疮百孔的白色旧宅里面，他们仍然会让房间里挂着的那面椭圆形镜子映照着他们的影子。清晰的线条，就像二十多年来，每当她听到一阵急促而有力的脚步声之后，就会想着他来。他来了，他脚穿特大号鞋，对付了黑色的暗礁之后，带着他的那种得意，他不知道他的骄傲使他正在灵巧地找到一支唇膏，她的摇椅在风中微微晃动，他来了，甩掉了后面的影子——这就是他们之间一起下楼梯后分开了。随后，在肥皂、牙膏的泡沫中一天又一天过去，他们的离别与戏剧变幻出的嗡嗡声和勃勃生气有关系，但他们是情人，与戏剧中施展的所有技巧同样有关联，因为他们想不停地见面，所以他们找到的最好技巧就是不停地分离。

他们用另一只手彼此抚摸着对方，这是他们的方式之一，是让彼此不会记忆对方的方式之一，他们几乎来不及争吵，也来不及让彼此厌倦对方时就已经分开了。

他穿着一身黑衣服在房间里的镜子中与她告别，他们无法保证明天会在哪里见面，也无法保证明天是否会活着，一切都是谜团，但他们是情人，他们克制着一次又一次分离对他们身心的折磨，他们之间从来没有谁会发出声嘶力竭的吼叫，他们只有辉映对方的影子，把他们弯曲过的手臂伸直，然后再告别。

花在一束接一束地枯萎

当她使劲一蹬，有些东西便离开了她，死亡或正在撕裂的场景，正在暴露着一生的反复无常的悲剧。她快速地把一团东西甩向窗外，她便感到自己正将窗关严，什么颜

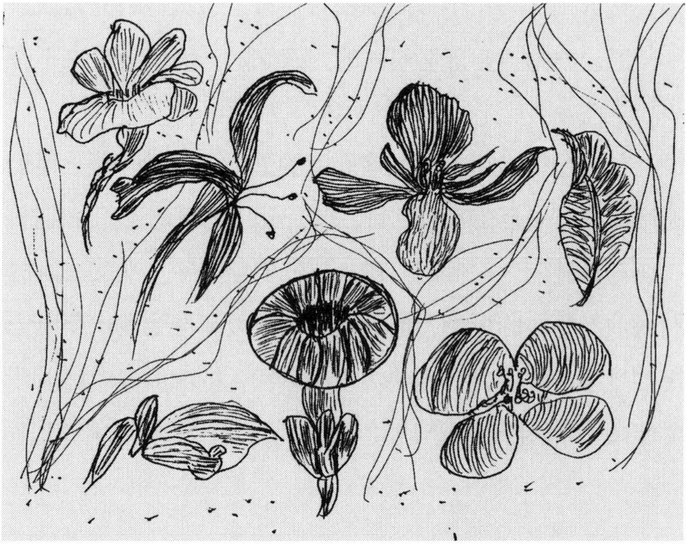

色是她此刻的颜色，也许金色是她的颜色，不对，黑色才是她的颜色。黑色在她用脚使劲一蹬之中蓦然降临，这不是一个人带来的影子，而是从她深邃的嘴唇中发出来的，可以支撑她度过这个上午的一种颜色。

她的叹息声急促而有力，她看见那些弄死毒蝎的人，生命已经与毒蝎凝成一团。而那些用声音惊动世界和邻居的另一些人，哦，他们的声音同样撕裂了屋顶上吊下来的一条链形的灯。而她呢？宽敞的白色窗棂掩饰不住她的自我反省和自我评价，叹息声中装满了她拆散的玫瑰色的花瓣。她支着三脚架，在积尘中扭动着脚趾的同时看见她已经不是二十多年前穿过锈迹斑斑的铁轨前去与男孩约会的那个女孩，她还在积尘中发现自己拔掉了的一颗牙齿，镶上了另一颗金牙。为了那颗爱美之心，她经常抛弃细细的链条走到草地上去散步，因为散步有助于健康。她还通过美容师重新修复了自己的面孔，这个时代，她像许多妇女一样正在竭尽全力挽留那种玫瑰色的想象力。

啊，她的叹息声使她的双手环绕着方向盘，她驱车去寻找命运的又一涅槃，虽然一路上气味呛人，但她仍然感到命运正在幽暗的灯光深处，在废弃的一座矿镇上等待着她。她下了车，这是重新擦亮每一把叉子和匙子的过程，这是她控制自己女性权利的又一个时刻。她把她的叹息声带到了噼啦的响声之中，以防万一，因为她已经没有时间去经历、去失败。她辨认着蓝色中的钥匙链条，她再一次决定，她不会被她自己的叹息声所湮没。许多人去了，许多人死了，许多人已经改变了初衷。一阵松针雨飘落，瓜子和牙齿有着同样锋利的力量。一天下午，在她叹息声后的凉爽而明亮的下午，旁边的人散发出蛀牙的气味，她在屋子里踱来踱去，等待着。叹息声锁住了她的灵魂，有着迷惘表情的她，终于发现她老母亲的拐杖声和她情人的消隐无踪，却不能代替她今后的生活。一本哲学小册子和系满红色丝带的花束，都无法代替她的生活，因为她知道花束总是会一束接一束地枯萎。

寻访她的秘密

现在，她事先没有料到的事情发生了，她给予她的命运以一种假定的结局。她看着她的脚，她似乎在说，假如我重新开始。终于，她真的重新开始了，在她的人生中，她开始积极渴望与情人配合好，在同一把乐器之中弹奏好同一支歌曲，但她在这之中只有假定，因为她弄不清楚那个能够与她同时掌握一把乐器的人到底在哪里？她假定着那个人已经出生了，变成一个橙色的点，然后再继续变，直到变成她的敌人和挚友，直到变成与她掌握同一支乐曲的人。但这个人根本不存在，她一边假定一边面对着自己睁大的眼睛，但假定使她产生了眩晕的冒险激情，她伸出手去触摸到一个男人的肩膀，尽管她觉得自己已经被一片浩瀚无边的水淹没了，那个场景也没有了。

但还有另一个假定，由于生活日复一日的贫乏和雷同，她觉得自己又要开始在睡眠的一侧去了解漫游的过程。她开始假定自己就是那个绝望而忠诚的漫游者，在万籁俱寂之中她穿着黑色的衣裙，裙裾的摆一收一放，她醒来——看见自己比他人更加虚弱，历尽沧桑之后在一个舞池中跳舞，她一辈子都在假定一个场景，她的生活比舞池和睡眠中的梦要更加快乐——这是她假定中悲哀的一个瞬间，她意识到只有眩晕、迷惑，并没有更好的快乐存在。

但她的假定持续进行了二十多年，也许有三十多年，经过了掩饰的自我，她戴上手套将手伸给别人。她假定着：

我也许是他的敌人，在梦的另一边和睡眠的窗户下，哪怕我是他的情人。但我们仍然是他的敌人，所以，他只有透过我的手套才能感觉到我松弛下垂的皮肤和三十多年来我悲哀的原因。

她刚才梦想着从左边来，现在却朝右边的阴影中走去——她迷了路，在假定中别人正在向她指手画脚，她不领教这种戒律和束缚，在假定之中她并没有辨认出她熟悉的花朵在黑暗中开放，她看见的并不像假定中的那样多。

然而，在假定之中，粗糙的栅栏让开了路，也许她是在等一个人，也许她是去寻找一个人，也许她是去拜谒一个人的灵魂，尽管路上已经布满了斑斑点点的符号，尽管早已有人通知她，那个人已经病入膏肓，但没关系，她是假定中的人或物，她是水中的圆圈和水中的俘虏。

活着是一个问题

噢，天哪，这到底是怎么一回事？在她以为已经了结的问题深处，现在，那只虫出现了，那只虫的露面意味着

那特有的、权威的语调已经失去了作用。在答案深处，她好像已经不再惧怕死亡了，连死亡都不畏惧的人还会怕什么呢？但是，那只虫出现了，她害怕那只虫，害怕那只虫充满了反抗的渴望和等待。

在答案深处其实还存在诱惑。如果说死亡是种恐惧，那么死亡本身对她就存在着诱惑，死亡，为了不死——这正是诱惑她的原因，死亡是为了让她死得更愉快，而当她沉浸在死亡中时，她会想起许许多多亡灵，在她的答案深处，现在和将来的某一个瞬间，是她死的日期。每个人都有一个死的极限，到达了这个极限，上帝也无法帮助你继续活下去。通过那面灯光明亮的落地窗帘，她再一次发现自己又一次在废墟上行走，所谓废墟就是在答案深处微微抖动的——已经熄灭了很久的灯柱下面的潮湿的大地边缘。所谓废墟就是在答案深处距离你遥远的——已经被你遗忘的，被你干枯的一双手所消除的那些被风吹走的纸牌的衔接的边缘。而一个找到答案的人又重新回到答案的深处，这里和那里同样在夸夸其谈，把你的语音的失误送给别人，你从她那里了解了她在跑，而你从他那里，了解了他被她抛弃，两者之间的关系重新萌发出他们长途奔跑后的胚芽。他们需要重新欠起身子，找到新的答案和答案深处的钥匙。

正是她重新找到的钥匙使她窥探了他的私事，从而推翻了她的答案。正是那把钥匙使她发现了记载美丽私事的笔记本，那些抒情的诗行不仅分开了韵律，也将她和他分开，这就是答案深处的戒律：华丽的楼阁并不是他和她永久的居处。一阵孤寂之后，只有回到他们各自的位置上去，在踌躇的时刻才会遗漏一个字，从而把封闭的世界展开，在天衣无缝的时刻你已经没有快乐可言，所以，预料中的距离正是她感受到的荒凉的崖壁。

活了这么久，再弯腰在冬天之夜拨旺炉火，为什么还要长久地活下去，因为在她的答案深处，还变幻着灰色幽灵和蓝色幽灵……她们让她始终有一场又一场荒诞不经的旅行，通过她的眼睛看到的那片狭长的玻璃，它的外面是一个已经撤离的世界，诱引出一群飞舞的昆虫将你包围。

生活的技巧

她已经可以伸出手去，娴熟的技巧使她挡住向她扑面而来的灾难，灾难事实上并没有离开她，而是置放在某个地方——等待她，或者是为了让她的人生拥有一副饱经风霜的姿态。娴熟的技巧有时也无法将灾难挡回去，既然灾难已经来临，那就再次施展技巧去对付灾难。

如今，她仍穿着波纹闪光的黑色衣服坐在她的扶手椅上，她庄重的下巴微微地抬起来，灾难已经来临，屋子里的碎片和纸牌的残局——使她的那位远房跛脚亲戚远离了她。这是一个永无尽期的用灾难来清除感情的时代，她点上一支烟，她的烟袋绣着黑色的蓓蕾，烟叶来自她故乡潮湿的山坡上的那位烟王之手的咒语之中，同时把咒语带到她身边，用来在灾难来临时对付那些狗急跳墙的邪恶的影子。瞧，她并没有训斥那些背叛她的人，每当她转过身来用一双充满沧桑的眼睛面对着那些叛逆者和悖离者，她身上仍然会散发出一种植物的气息，使她的敌人们心跳加快。然后呢？她转过去，继续散发出气息，继续把她手中的纸牌和那场游戏上升到高潮。然后呢？她穿上她的黑色外衣，从人群中离开，从未考虑到带走谁，掌握着技巧的全部良知，掌握着过往的时间，凝固在一只张开了翅膀的蝙蝠中的黑的东西，那些黑的东西如果被手抓住，除了变得粉碎之外，还会让世界和他人进入混乱之中。

因而，她带着她的灾难不动声色地离开，并使世界保持安然无恙的状态。

技巧的良知使欢乐环绕着她，例如，她与一个人的谈话，使那个人用她的声音来驱除绝望，她使一个人回到现实，获得了生活的意象和放纵的想象力。例如，她使一个秃头的挚友重新充满了谜语和神秘，重新让生命中一切有价值的东西悄然出现；例如，她安排她儿子和那个姑娘婚礼的地点之后，又给予了儿子一种明智的选择，她让儿子带着那个女人独立生活……

如今，她自己始终把她的面孔贴近灯笼和蝴蝶的两翼，她除了知道麦子和甜菜的价格之外，她还知道马车和一辆轿车的不同声音。在她娴熟的技巧里，如今，她已经不需要用冰冷的枪守候自己的领地，那些射出的子弹比不上她心灵的一支箭镞飞的速度更快。

阴影中闪现的镜子

从阴影中闪现的镜子最方正地映现出她身体的衰竭，她作为一个女孩子时就解开纽扣和裙裾，镜子覆盖着她盛开过的青春。镜子让一个人在难以言喻的时刻溜进休憩所去，刹那间镜子迁就着她幽灵般的脚步，使她的微笑抵挡住了流言和欲望。现在，她从一阵呼啸的暗淡的草地跑上来，她刚刚去敲开过邻居的门，告诉他们下午的雷雨，她不知道为什么这样去做，她只是觉得雷雨会再一次把那位年轻姑娘的晾衣架上的白裙吹下楼去。那位年轻姑娘打开门时，墙上的镜子正面对她，姑娘的背影映在镜子里。姑娘穿一件粉色的睡衣，她刚午休过。而她呢？如此衰竭，张开嘴告诉年轻姑娘下午有雷雨，一刹那是那面镜子提醒了她，快快离开，快快从姑娘的镜子中消失。她感到自己的嘴唇正在变，变得词不达意，除了有一张布满鱼纹的嘴唇正嚅动之外，那些词语让她感到前所未有的紧张。她逃离了姑娘的粉红色睡衣和镜子，而这种场景增添了她的压抑。她回到阳台上，拉开窗帘，几个女孩在雷雨降临之前正蹲在水泥地上画出了一个悠闲的半圆，而雷雨就要降临了，她伸长脖子，看见了闪电，她突然想一列火车的身后拖着漫长的紫烟，她乘着火车去旅行，她箱子中有镜子，那是情人送给她的镜子，那是一块月亮型的镜子，曾有一把弯弯的梳子面对着镜子晃动，她的黑发就像瀑布一样浓密，确切而言，她在镜子中曾穿过性感的青春之谜语，奔跑着扑入情人的怀抱。

打开一只火柴盒，那是一只空空荡荡的盒子，在停电的夜晚，她徒增了一种愿望，想点燃火柴，再找到蜡烛。哦，她的镜子在四面墙壁上，有一两秒钟——她厌恶地望着窗外的雷雨——在她的鼻孔抽动之前——她突然感到自己大半辈子被欲望和爱情笼罩的场面，正悄然凝固在镜子里——她可以跟随一只南方蝴蝶，那使她的一生跟踪不息的黑色的南方蝴蝶，会在一展无余的天空中向她再次透露荒凉的城堡中的快乐，和闪耀着泡沫的峡谷里的秘密——所谓镜子就是使秘密成为她厮守的一切正在变暗的夜色中的一种布局，所谓镜子就是在黑色的层云下面，公正的它正诉说着时间这个妖精带给她的一只步程计。她衰竭着，但在从前，没有一个人比得上她青春中紧握的一束野花的

香气，而此刻，镜子成为她忧伤的裂缝……

烟草味

持续在她手上上升的烟草味同样使她睁不开眼睛，她的手上夹着雪茄烟，这种姿态比男士更加优雅，一切都在烟草味中变得忧郁起来了。在慌乱和忧愁降临时，浓烈的烟草味环绕着她就像将她置入干燥的容器之中去，享用那过分干燥而特殊的时间的沙漏，她的肺吸进去了大量的烟草的毒气。她有时候想象她的肺已经被烟熏黑，她还想象自己的肺正在艰难地接受她享用的那些烟雾弥漫的物质，仿佛被凿出的斑斑驳驳的洞眼。时间的沙漏使她虔诚的、懊悔的、忧愁的血液在变质，使她在烟雾上升时藏进盥洗室里失声痛泣。

她的香烟盒——可以使她在隔离之中看到那只沙漏，她在每一个场景和地点让烟雾上升，即使躺在温暖的浴缸中，她手里仍夹着雪茄烟，烟雾拂过她柠檬皂的香味所弥漫的头发和脖颈，图解着她记忆中的一些与死亡和快乐巧合的场景。她把烟盒带在她身上，随同岁月流逝，烟的数量在增加，她像那些在火焰中暴怒的狮子展现给我们的勇敢的背影。她夹着雪茄，变幻着时间、地点，变幻着沙漏和人，变幻着她的恍惚和忧愁……

就在那里，她仰起脖颈，她在一片风景中横穿过了一道岩崖。可爱的脚尖松弛以后，她点燃火柴，这是烟雾，我们能够看到的只有烟雾和她的指尖，她的独立证明她“在那里抓到了一头稳步的羚羊”，她的忧愁证明她找不到自己背后的影子，她的温柔证明她的爱情从一个颤抖的想象进入了隐藏地……

浓烈的烟草味隐没了她的形象，隐没了她的苦难和快乐。她是被烟草的毒气包围的女人；她是携带着烟草味从窗口再次逃到南方丘陵地带，去制作蝴蝶标本的女人；她是停留在一个座位上，与你交谈羞愧和自厌的女人，她是在难以置信的编年史中，用沙漏记录妥协和虚荣的女人……

她的身体在变质，与烟草味有直接关系。如今，她的肺正在张开用来承受那些使魔鬼也着迷的烟雾。每当她点燃火柴，被一个痛苦的事实制止冒险的念头，她的沙漏上就写着她那被刺痛的心灵，像一片烟雾一样螺旋在她的夏夜或者秋高气爽的秋夜，而进入冬天的节奏已经加快。

自己的符咒

当寒冷已经来临，她已经攀缘过了通往一位盲人朋友的楼梯，那个盲人的生活就像一部小说中完整的故事。从盲人的楼梯下来以后，她身上的红色麻裙换成了红色的绸缎棉袄。她想着自己的一生，开始打瞌睡，在冬夜的椅子上打瞌睡的她，不免会进入自己编织的符咒之中去，那些驱邪的符咒撒在黑夜的沙滩上，就像那位盲人即使看不清楚黑暗，但也同样能掌握她跌跌撞撞的方向。这意味着每个人在暗处亮处都有自己的符咒，它们也许会发疯似的生长，在驱邪的过程中，每一个人的符咒都由自己的舌尖保守秘诀。她的符咒在哪里呢?

一年又一年，符咒仍绕着她画下的圆圈，尽管她经过的地方已经走出了圆圈，但符咒中的圆圈始终被她携带在身上。每个人的符咒中都展现出一幅画、一面镜子和一些玩具，直到三者的秘密残留在一只长度合适、宽度有余的匣子里。而符咒却是看不见的秘密，它只是每个人从倾斜的腿和腿相撞，镜子和镜子相互照耀，灯和灯挥霍一空的光明中提炼出来的词语。

在每日重渡的涡流之后，唯有她的符咒声不断地松动着她的尖笑，这个在陌生辞藻中迷路的妇女，她所谋划的始终是遥远的旅行这激动人心的一幕，她让你卷入的永远是不朽的事件。每当她邀约你从仪式的这一端走到另一端去，如果你已经嗅到她脖颈上那些神秘的香味，你就会领悟到她符咒的每一端都有太阳西落，只有黑夜才能让你接受她符咒的一点嘘声。

如今，她正决定把她的符咒重新做一次篡改，因为她知道："冷意从两脚升向膝盖，热度在精神的弦线中歌唱。如果使我暖和起来，那么，我准会在寒冷的炼狱之火中战栗而冻僵。炼火的烈焰是玫瑰，而浓烟是多刺的荆棘。"

此时，我们看到的她似乎已接近人生最辉煌的时期，她的遣词造句的才能日益丰富，这使她的符咒在光影之中隐藏得更加深邃无边；此时，寒夜继续上升在她那发

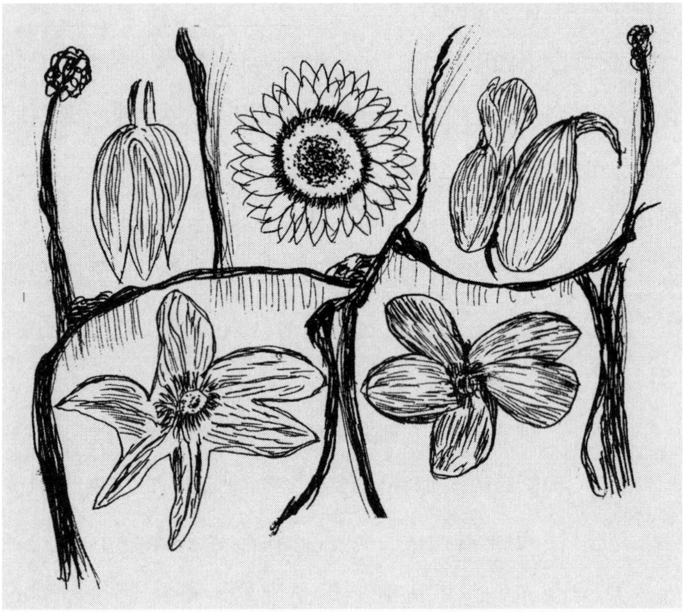

蓝的卧室中央，她知道除了蓝色可以溶化黑色之外，红色也能使黑白燃烧起来。在所有可能的情况下，她还知道紫色的符咒可以让故事本身变得忧郁，然而，她也知道还有更多的符咒如今并没有驱除停留在她身边的魔鬼的影子，而且她的符咒对死亡已经表现出妥协和无奈。

一首怀旧歌曲

在她 60 岁的这一天，她惊喜的轻叹感染了在座的朋友们。生日的蜡烛刚点上，一个陌生人给她送来的红玫瑰说明感伤而怡然自得的她不得不在生日的这一天承受那个陌生人，不管是男是女给她留下的 60 年的悬念。

簇拥在身边的亲戚朋友用掌声帮助她进入了 60 岁。哦，她的 60 岁，仍然怀着无法抑制的激动。由于她已经潜入水中体验过生命这种脆弱的明暗交替，所以，她的 60 变得与众不同，她眯着双眼，仿佛看见车轨之外的某一物、某一景、某一人就是洞察她生活的局外之物，局外之景，局外之人，也许只有它们才能说明她为什么已经进入了60岁。

60岁，这时持续了60年的蜡烛吹灭之后，她似乎已经原谅了那个时间不能原谅的人，那个人正焦急不安地从一个房间走到另一个房间。她原谅了他，原谅了六十多年来他身上承受的那些虚假的东西，原谅了他让她曾经痛苦挣扎的事实。所有事物被撕裂之后的疼痛，在她毫无准备的时刻给了她痛苦和不确定的抚摸。她的60岁，经历了一个人痛苦挣扎的过程；而她的欢乐，有谁可以说清楚她在欢乐中沉醉，爱上了一个人又觉得毫无意义。假如你未能理解这一点，因为你还没有进入60岁。而她意识到了这一点，欢乐就像一只橙色盘子向外弥漫的橙色中的沙漠，它有足够的偶然性也有足够的道路让你沉溺、死去又返回。

如今，她已经返回了她的老家。看门人仍然摇动芭蕉叶扇，一边打瞌睡一边迎接她的到来。所有事物均在惊人地变化，她为此诧异的人此刻仍然在一个千里之外的邮局给她寄包裹和写情书，这种古老的行为的存在只因为她已经进入了60岁。她活着，许多认识她对她有记忆的人也许会倾听着一个早已失灵的话筒，并不断地拨着一个早已废弃的电话号码。在她60岁时，亲切、愉快而感伤的气氛包围着她，许多人也无法找到她的地址前来与她晤面，许多认识她并被她折磨过的人现在正眯着眼睛，除了可以炫耀他们与她的故事之外，他们倾听着从附近一家餐馆里飘来的怀旧歌曲，而她呢，会对他们保持着礼貌的微笑。

她的 60 岁进入了午夜，接踵而来的夜，风信子和百合花的采撷者们，已让她的过渡时期再一次优雅地从笼子里跳出。

图像六：毁灭

她有她自己的怀抱

一个人的怀抱到底有多温暖和宽阔，一个人的怀抱到底能抱住多少东西，能够给予多少人温暖和爱情。持续在窗外的雨水使她的怀抱此刻变得空旷，她既没有拥抱一个人也没有拥抱一棵树木，她只是坐在那里，这是一个没有意义的地址，但始终是一个不可动摇的地址。她打了又一个呵欠，找到了一个神圣的标准，用她脖颈下的怀抱，一个不可忽视的权威之地。她的双眼变得潮湿，她就是在那愈走愈远，但事实上是愈走愈近的地方向他伸出了手臂。

让她的回忆来阐明她的手臂为什么张开吧。

某年某月某时每刻每秒，那时候战争还未到来，战争对于女人们来说是一个可怕的词，战争使声音变得低沉而喑哑。有些人则不再发出声音了，战争使他们的胸贴着胸，面颊贴着面颊，他们看不见下面，只听见雨声在半明半暗中落在脖颈上，拥抱的姿态更接近死亡者最后的姿态。但需要说明的是因为拥抱了对方，战争并没有让他们去死，拥抱肢解了战争的碎片，然后那些幼芽在黑色的流体中有了根须。当他们发现这个奇迹，在战争结束后的早晨，他们彼此差点在拥抱中窒息、丧命。

让她的回忆来阐明拥抱一个人为什么那样艰难。

她穿着猩红色衣服，那是她无法抵御诱惑的年代，那也是她最为神秘莫测的时期，她属于用指针一样环绕的呼吸寻找一个人并被这个人奴役的时期。她拥抱这个人，但她感到是如此艰难，因为当她贴在他胸前时，她感到这个人的灵魂在飞，在远离她。她松开了手臂，从那刻她才感到自己的怀抱对于他来说远远不能代表一种“梦想和现实”，更不能代表一种“想象和权力”。从那一刻开始，他伸展的怀抱也有了另一种拥抱的空间，也就是说，新的空间解放了她。

这是另一种情景，那些晦涩的诗句使她变成了一个多愁善感的女人，她的怀抱尽管空空荡荡，但她告诉自己，她已经拥抱过了，她拥抱过了笼子里的金丝雀后将它放出来，她还拥抱过一只落在地上的麻雀，麻雀不会再飞起来。

风扬起那些金黄色的落叶，这个世界必须改变，它必须从一只麻雀的死亡开始……

她有她自己的怀抱：在喋喋不休之后，她用一间装满镜子的房间，来遵守自我的道德法则。从危险的猩红色外衣中走出来，让她的另一天从危险的猩红色外衣换成灰色的长裙的时刻开始陈述。没有一只候鸟飞回，也没有一个推销员敲开她的房门告诉她紫罗兰香水和花露水到底有何区别。

还是从她的鞋子开始叙述她从未经历过疯狂折断奔跑中的一截轨道的时刻开始，那没有经历过恐惧、惊愕和愤怒的面颊，在刚开始她人生的第一个选择。她要选择新的鞋子，在高跟鞋和平底鞋中寻找到一双没有异味的鞋子，寻找到一双可以跑得更快的鞋子。然后呢？她站在一只高入云霄的烟囱下面，这不是遗失沉重的箱子的时刻，幸福和美妙的闲逛时刻过去后，她马上会到达荒凉的郊区，她会面对一条蜿蜒流去的小河，开始充满噩梦的一天，在那个噩梦里，在那个不依赖于人的意志为证据的噩梦里，她的无限才能在于她把噩梦制作成了一个精美的容器。

窗口的灯光一一熄灭，只有在这时她才可以压低嗓音与另一个人交谈，生活的黑夜让她感到不安，那个人说你应该加快脚步，追寻你应该得到的东西。她应该得到的东西也许是一只上了发条的闹钟，在那钟声之下，那座被她抛在身后的城市已经在胸前交叉打了一个结。她从来没有像今天这样充实，因为她将得到她应该得到的东西：从不带武器的男男女女之中飞翔下来一封用蓝色的鹅毛笔写出来的情书。

生活需要重新虚构，因为她已经在一只上了发条的闹钟下面，生活在紫色光圈的中心——走了一圈又一圈，沿着圆池跳了一圈又一圈的舞。她倦了，她有点尴尬，人生中的偶然性越来越少，匀称的语言，整齐的发髻，一封塞进炉子里燃烧的编年史将化成灰烬。她所担心的事不再发生，因为危险越来越少，她不再提高嗓门告诉那个人不要忘记一个虚拟的人物和一场悲剧，所以，她好像脱离了那条站满了幽灵的轨道。于是，在穹顶长廊发出的吱吱声中不再有人来，不再有人前来递给她红色请柬，邀请她参加星期六晚上的化装舞会。

不，这不可能，她终于找到了虚构生活的理由和灵感，仿佛她并没有看见过铭文，刻在编年史上的铭文并没有影

响她拉开门。她现在是一个笨拙的实践者，她现在是一个了解拨琴弦的女子。

尤物已变换

女人，她对自己说道：只是因为她是一个敏感的尤物才会加入舞蹈队的摇摆和节拍之中，在那胆怯又敏捷的脚步声中她才会受到宠爱，她才会扭转悲剧的生活进入一个又一个异想天开的转折点中。

而此刻，她知道自己已由一个美丽的尤物变成了一个蜷缩着的老太婆躯体，那支属于她自己发出摇摆和节拍的舞蹈队早已散场，那个手风琴师早已进入墓地。到了 4 月，她总会撑开一把黑布雨伞，抱一束百合花前去拜谒墓地。哦，她现在伸出腿去，她的腿已经变粗，她厌恶地闭上双眼，一只猫从她身边经过，嗅了嗅她的裙摆便跑到一个少女的裙摆下面去了。

在厌恶自我的时刻，时候已经不早，她得从公园中站起来，她抬起头来。伍尔芙在一篇散文中描写道："在挂着厚重的绿色窗帘的房间最暗处，人们正在嗞嗞有声地、极具诱惑力地做爱。”她想，在这样的夜晚，做爱是一件幸福的事情，做爱是一件可以证实自己仍然生活在别处的事情。她厌恶着自己的暗影，似乎不断有人在提醒她，你已经握住桅杆的顶端了，千万别抬头看，否则会掉下来，她厌恶那个提醒她的人，她厌恶那个害怕她从桅杆的顶端掉下来的人，没有比这更荒唐的了。她想：为什么我已经握住了那桅杆的顶端了呢？为什么我就会掉下来呢？她厌恶这一切，事实上，6 点钟的钟声刚刚敲响时，她已经出发，正像过去了的那些时间一样她从不会耽误出发的时间。一个人，当她在时间中仍然有一种冲动去追寻那种纵身跃下悬崖的感觉，那么这个人就没有被沙漠湮灭，也没有停止自己的叙述方式，因为她极有可能在一艘船、一片荒漠之中被悬崖困扰着，被那种害怕死的欲望困扰着。

现在，她将停止自己的厌恶。

她真的会在早晨 6 点钟出发，梳理一下头发，带上雨伞，带上牛肉罐头和一顶美丽的草帽，谁也不会有勇气陪着她在树林里消失——事实上她在消失时已经到了另一家旅馆；谁也不会有勇气陪着她在恐怖中做爱——事实上她一直在旅馆与那个害怕死的男人不停地做爱；谁也不配与她一起流浪——事实上她滞留在客栈、炉火旁时，便一直在等待那个真正的流浪者，也许是歌者，也许是诗人，也许是一只鹰飞过去、一个陌生者出现。

另一种妄想

只有被梦想所诱引的人会经常出入美容院，出于这种纯粹的妄想——她每一周都进入这些落地玻璃窗的女性世界，她闭上双眼，美容师让她闭上双眼，美容师说：这是你休息的洗濯你记忆的灰尘的好地方，你除了闭上双眼，你还可以想象你最美丽的时刻。她透过美容师的那双眼和美容师的双手看见了自己的皱纹被删除，她那冰冷的前额是那样光洁。在这样的时刻，她妄想听到那声音，那无言的声音正在赞美着她的前额——并没有失去那含着酣畅的快意的让人升起欲望的前额，美丽、光洁、宽广，再没有缝隙刻下她的年轮，她要是请美容师理解她的梦，在太阳尚未露面时，她将在磨蚀得发白的墙垣下等待一个机会，从而打破笼罩她的沉寂……这就是她为什么一次又一次走进美容院的原因。噢，她的新生活，宛如用脚试一试有没有走到了霞光辉映的悬崖峭壁，穿透雾霭的她，抵御黑暗来临的她，仍然妄想用她的脚尖试一试有没有到达旅途的最后一站。

车轮声哑了吗？这不是她希望的一种结局，如同一只强有力的手紧紧抓住了她的手告诉她这躯体、这灵魂还没有完全出窍，这意味着她还能驱动她的小马车的车轮到巫师们预言的地方去。

这一切就是在她躺在美容院里闭上双眼看到的一切。她透过美容师奇妙的疗法——在马的奔跑中跳下来，爬上去，这是人的古老姿势，这是干尸的骨骼感受不到的生命方式，这是骸骨无法继承的生命状态。她想按照梦的方式，尽管她的梦已经被别人篡改、遗忘，但她仍然妄想让自己的面孔去震动几十里之外的轨道，震动那个遗忘她的人并让他回过头来：她不是绝代佳人，但她的梦滋生着一种可能性，那种可能性就是在现实中找到秘密。

美容院只是她生活中往返的一个场所。多少年来，她重复穿过的十字路口已无法计数，她已年迈，她正在摆脱纠缠她的那些时间的腐烂气体而做出前所未有的努力。她

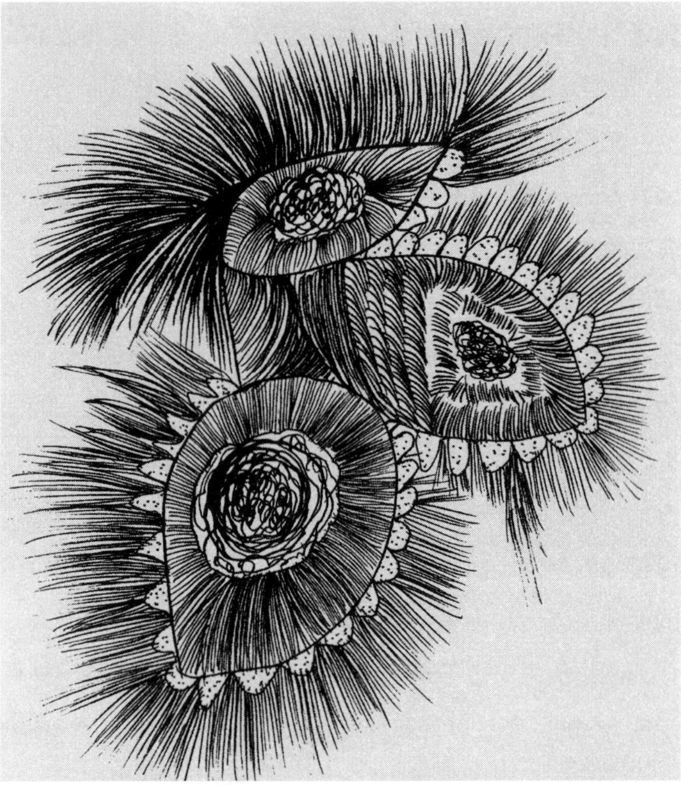

妄想永不衰老，但这永远只是神话，一个不可争议的神话。但女人们出入的美容院她仍然坚持出入——她做出的惊人的努力始终是为了她的梦，一个与欢乐有关系的梦才是她妄想的梦。

土豆堆集在她屋子的角隅

土豆堆集在她屋子的角隅。她曾无数次侧过身体，从旁边花园和坡地上落下来的到底是骨灰还是木灰？她深信不疑自己正握着一只土豆，这是食物中的食物，是普遍食物中代表惊窘、悲怆和生命的一种食物。

提起她的裙子——她思忖春天已结束，春天已经结束，春天已经真正的结束了。这些土豆从横断山脉的泥土中装进一只只麻袋，麻袋经过了无数的路线才到达了屋子，这个角隅是专门堆放土豆的。还有些潮湿的土豆围绕着她的地砖、墙壁，及镜子里的旧家具。她仿佛看见在那片山上，除了可生长硕大的土豆之外，还有一匹马，马的颈圈被汗水浸湿，那匹马就站在土豆的藤蔓之中，马用蹄扬起了干燥的尘土和潮湿的尘土。她十分欣赏那匹马，就像有时候让各种鸟雀占据金色的笼子和蓝色血管延伸的手臂之外的天空，现在，她已经无法乘着黑夜的翅膀到那山岗上同那匹颈圈已潮湿的马置身于生长土豆的那片丘陵地带了。

如今，她的牙齿最适宜嚼松软的土豆，除了用一脸厌烦和心不在焉的神情打发掉岁月中那些单调、低沉的东西之外，土豆使她的手指变得有旋律。她从年轻时代就开始削土豆，在所有食物中土豆保持的意象是最长久的。

现在，让我们来看看她手中的那把刀刃，她想起 A 和 B 合在一起也不能摧毁的东西到底是什么？延伸到蓝色天边的船只已经褪尽了金碧辉煌的装饰，A 和 B 缔结了本世纪最后的一场战争，A 和 B 也许是男人和女人——他们在本世纪末的战场上用土豆作为自己的另一种武器，是最丰硕的粮食。她此刻正用刀锋不断地使土豆的皮减少，她想，只要世界上还存在着土豆，也就存在着人的躯干和谷仓的大门；她想，只要世界上还存在着土豆，世界上就会有天竺葵开放，还会有联姻的、商定的、契约中的战争；她想，只要世界上还存在着土豆，在杂草丛生之中就会有墓间的钥匙和滚动的玩具……

只要世界上还存在着土豆，她的屋隅的一角将永远堆积着土豆，那些蓄着小胡子的人和闯进城市的马戏团正在放声高歌。她，转移了视线，看得更明亮，她除了线条紧绷之外，正用削土豆的节奏表达她的愿望；只要世界上还存在着土豆，只要世界上还存在着土豆。

皱纹中的回忆

对待一个人，如果你已经想不起来他到底是谁，那么这种情况就很糟糕，她怎么也无法想起来他是她睡眠深处的一部分，他是她战乱时期的一道影子。她使用的尺度，也许是由于寒冷，也许是由于厌倦，她所使用的尺度已无法穿透雷鸣般的响声，已无法逐一地在迷宫中的笔记本上写上她的姓氏和名字。被她真正地遗忘却在一个瞬间：只有最微弱的声音可以从一个点到另一个点，直到她感到扑面而来的风，像圣约中的一条戒律，她突然发现就在那一瞬间，她不再使用她的记忆，不再使用她的感情，她不再使用她气喘、迷醉、发狂的本能，她让他走，他走了。事实上，即使他没有走，她也不会把她的心转移到他身上，就在那个瞬间将他永远地遗忘了。

把一个人遗忘的那种幸福使她的双眼变得清澈，好像一切又重新开始。因为她深信：只有关上一扇窗，另一扇窗才会向她打开。把那个人遗忘意味着那个人已不会再干扰她不断迁徙的生活，在忧虑中听到莺啼鸣的那种生活。

遗忘在她的一生中总是发生在舞台幕后的一个地方，所有的在场者都已隐退，只有她和那个人和舞台幕后的场景包围着她。他到达了她的领地，告诉她已经是下午 4 点钟了，后来事实上已经进入了夜里零点，这个时刻最适合用她的心灵去感受他不再是与她在舞台上演独幕戏的人。他在她的心灵中消失，这就是她，不再被他伤害和奴役的时刻，这就是她不再为了他而渗进了水和血色的时刻，他在幕布剥落后几乎不会再成为她记忆中一条支流和一座荒僻岛屿上的历史。

遗忘一个人，犹如在一条荒寂的路上散步，花束却一束接一束地枯萎了。到达这种境界，那个人已经在她已有的记忆中消隐无踪。遗忘，在鸟群们穿过杀戮和橄榄树的空间中，一次又一次把她的唱片或书籍抛向岩石。这是石灰岩溅起水浪的南方，这是她历经了劫持和紫色的葡萄树下听到古老的织布机在编织着一块粉红色地毯的南方。她遗忘了她的累赘，她遗忘了那悲伤的、迷人的、无能为力的神话，她遗忘了在拆散和毁灭之前矗立在一座雄伟的宅邸中的柱子……

幸福的遗忘者，打开了她的窗子。

当她老了，炉火旁打盹

想一想那些男人们吧，她又一次趿着木屐怀着一种永不气馁的心情，用不着躲避在门边墙角里窥视或观望的那些男人们的面孔，有人曾告诉她：男人就是木偶。她试图理解这种比喻，为了理解这种比喻她必须坐下来回忆。

男人就是木偶，发生在她记忆中的一件往事从一段Z字形的路面上开始。一个男人因为爱她并追踪到了Z字形的路面上，天气十分晴朗，那个男人说：只有你答应了我

我才会停止追踪。他们面对着Z字形路面上那边的废墟，她说：你追踪我我并不感到幸福，男人喘着气说：我愿意为你去死。

她想到那个男人说话的神气，他好像就是人们比喻中的一个木偶。

木偶更确切地说是男人的另一种形象，他们有时候小心谨慎，竭力想维系他们无能为力的权力，这些权力也许是为了女人，也许是为了他们的欲望，他们是一群木偶，区别开来是一个又一个木偶。

男人就是木偶，他们自以为是，以为了解女人，事实上他们了解的只是受他们的愚蠢的好奇心和虚荣心所驱使的那些木偶式的躯体发出的笨拙的声音。

她想起一个可爱的男人，他是一个可爱的木偶。每当回忆到他们共度的那些时光，她仿佛被那个木偶引渡到一种编有密码的语言系统中去。那个木偶，他当过邮差、守门人、列车站站长、旅行者，他来会见她时，他说：时间和空间无穷尽地增加，我们开始跳舞吧。这是一个诗意的木偶，他带着她旋转，然后他又说：时间和空间无穷尽地增长，我带你出发吧！他带着她刚刚上路就遇上了一场暴雨，他在暴雨中拥抱着她，那个可爱的木偶尽管身子已被大雨淋湿了，仍然用手臂紧紧地拥抱着她。

男人就是木偶，当脚下的石灰岩将要坍塌的那一瞬间，她拼命地抓住木偶，那双结实的手臂直到如今仍然让她感到激动。木偶的出现剥去了男人们的一切伪装，只有女人才会把男人比喻成木偶，也只有面对女人，男人们才会变成木偶。

她最后看见那个可爱的木偶的记忆使她的忧伤与怀念融合起来：他虽然是一个木偶，但她却无法跟随他而去，他只会变成她记忆中一个被不绝如缕的形式召唤而出的人：木偶。

换一个时代，换一种歌曲

这个古老的姿势仍然在黑色墨水四溅的钢笔中发出可怕的力量，它勾勒出了一些钢笔画，它是她在寂静中回忆得最多的姿势，就如她的母亲所说：人的一生就是跳下来，再爬上去。她中学时代的体育老师也说过同样的话。他让他们从金属体育器械中往下跳，然后又爬上去。她听见自己往下跳的声音时吓了一大跳，那是一个有战争的年代，战时的哀鸣随着一只螺旋杆在外盘旋，她已经爬到了墙壁的顶端。在高处，她看到了一个肉体纷扬的世界，肉体的血液正在袭击向前和向后的麦穗和道路，如果想活下去的话，唯一的办法就是跳下去。她果真跳下去了，她就掉进了一道深渊。从那时开始，她的姿势一直就重复着跳下来又爬上去的规律。这也是性生活的一个原始姿势，就像一条潜在的鱼跳起来爬在桅杆中用来感受她愉快的器官，那紫色的小峡谷可以用来感受跳下去或爬上去的惊喜。她被卷入了一个性的姿势，她开始成熟，开始挥霍她的青春，她将声音碰得叮当响，她将裙裾的簌簌之声带进一只雌虫或雄虫合体的夜晚，她看见地上的生物都以同一种姿势礼赞他们躯体的起伏不定。

她弯着腰，他们把她当作了老人，她真的已经老了，这个古老的姿势只能用于回忆。在窗外的余音袅袅之中感受到自己已经跳下去，她跳到了一种不绝如缕的问题之中，随着时间的推移她在向上爬的时刻，利用她的空间触到了刺入肺腑的死亡的舷梯。有时候当她跳下去，掉进一个人的怀抱时，那个人使她想竭力地往上爬，直到爬上他们入世的顶端，直到她变成一块顽石，淡黄色树叶簇拥着她——这正是她目前的姿势。她已又老又疲倦，已经不能随同她的亲眷们一起迁徙出去，不能俯身于一辆小马车。三轮马车可以载动一场大逃亡，但她在黑暗中上升或下降的姿势却在变化中成了一块不动的顽石。

跳下来，爬上去。

她用尽了这个古老姿势的技巧——为死者守夜，为生者的目的而活了整整一生，她在别人的睡眠中区别自己的睡眠，并用这个姿势固守她的房间。当那个睡在她身边的人已经离开了她，她褪下手套，洁白的手套掉下去，如同她跳下去的声音，一切都说明往上爬也就是爬上去，在十二套餐具之间，在活着的人们中间，她正做出最后的努力。

舞池中的幽灵

这些也许还不能说明她的一生已进入一个幽灵们的世界，就像她卷起裤脚向湖水中走去，在风狂雨骤的时刻与人争执到底是带走一把漂亮的铁杖，还是遗弃那古怪的铁杖。这是她忘记了自己和别人为所欲为的时刻，幽灵们带着他们的忧伤，带着他们生活中的几道窗户，也许是一条蛇和两只鸟经过了她的舞池。她老了，这算不了什么问题，而且她可以从容不迫地面对幽灵的降临，因为她不再害怕幽灵了。

幽灵，在她一生中，在那轻微的嗡嗡声中，曾经使她在很多场戏剧的中场退出来，因为她曾经害怕幽灵们的黑色长袍，她曾经无法用她那从暗橙色的午夜中发出来的笑声对幽灵的存在感到畏惧。现在，似乎一切都在变，她头发灰白、皮肤干缩，一言以蔽之。她伸出双手，把握住那种来自身体和音符中的腐蚀，而她绝不会混淆黑白关系，也不会混淆一粒种子朝着日光坠落下去，引起了一种惊慌之后的那种呼吸之间的关系，这就是她为什么可以从容不迫地与幽灵们共舞的秘密。

幽灵们的造访使她精神生活的源地分为两种策略，她仿佛已经穿过了黝黑的树林，穿过了带着乳汁或者三叶草疯狂生长期的那种疼痛，她已经停止了一个女人用其一生与欲望搏斗的过程了吗？此时此刻，她就像一首柔和的南方民谣，带着她悦目的眼神把她的羊群赶进了一片山洼里面去，她悠闲地唱着那道民谣并没有感到厌倦和恐怖，并没有被谁吓住，而掉了魂。

幽灵们来了，从沉闷的生活中访问她的生活，她坐在椅子上与幽灵们交谈，一缕暗影照着她僵硬的线条，这正是她特别的地方，因为唯有僵硬的线条才可能区别一个少女柔和的线条，也许这正是她吸引幽灵们的地方，也许这正是她在晚年港湾的黑暗中，没有人打扰、静静地停泊的原因。她要面对衰竭的历史，她要说服幽灵们，用她的历史去说服那些给世界布下陷阱的幽灵。对于她来说，生命正在黄昏中度过，这是她自己的黄昏，不是他人的黄昏。她拉开抽屉并告诉幽灵们：喏，这就是我仅存的秘密，暮色越来越浓，秘密就越加欢快。她这样说着，幽灵们就消失了。

身体佝偻着朝前

我们可以看到她在出场，如果我们不出声，我们可以永远这样看着她，看着她佝偻着身体正在出场。她与其他女人不一样，刚进入 80 岁，身体佝偻着，这与她从前的生活有关系。她从年轻时代开始就一直是一名测量员，她跟随测量队伍在僻壤中测试着世界上可能存在的距离和没有发现的距离，身着便装跟随男士们满世界地跑，这使她在晚年留下了佝偻症。如果我们有耐心的话，我们不妨试一试站在一个她看不到我们的地方，看一看她佝偻着身体到底想干什么？

她正站在我们视线之内。这是一座剧院的门口，她佝偻着身体正在看那些海报，很显然这是一张刚贴出来的海报，也就是说有一场戏剧即将上演。她从年轻时代就喜欢看戏剧，但她的生活总是在穿越地平线上的蛤蟆和老鼠，穿行着蚂蚁们盘桓的路线，她生命中大部分时间与戏剧上演的时间错开了。

她向上伸出手去，那是一个购票的姿势，她需要一张入场券去观看她一辈子喜爱的戏剧，她佝偻的身体仿佛想把一辈子损失的那些时间夺回来，后来她心满意足地得到了一张票，她就此陷入了一种幻想。

下面，我们便看到她的喜悦，一张戏剧入场券给一个身体佝偻着的女人带来的那种想象超出了我们的想象范围。她将那张票放进一只包里，她佝偻着身体在剧场门口东看看，西看看，仿佛剧场门口置放着一只魔箱，可以放出她一生中相遇的所有生物和细胞。

她走在阳光下佝偻着身体，许多年轻女孩从她身边经过，她们也许并没有感到她的存在，但她却感受到了那群年轻女孩。她抬起头听着她们银铃似的笑声，世界在那一刻体现出匀称协调，体现出了一支燃烧的箭矢损伤的意义，她的形象展开在我们面前已经被时光所变形。这是一个真正的负担，任何女人到了此刻都要自己来承担这个负担，她佝偻着身子，她早已独自学会在岁月中抛开了啜泣，抛开了屈膝，那些测量绳消耗了她岁月最金色的时光。现在，她终于避开了对于绳子的追问，她终于可以独自一人进剧场去看她喜欢的戏剧了。

佝偻着身子的女人，已进入 80 岁的老妇人，向我们展示了她被橡皮、煤、绳子、月亮和诗塑造的形象。

金黄色的玉米

这是她孙子从村庄给她带来的一根玉米秆，这是她的孙子无意间给她带回来的一根金黄色的“牧杖”。她像一个孩子竟然被这根“牧杖”激动着，她告诉孙子，二十多年前，不，也许是五十多年前她和一支队伍经过一片茫茫玉米地时，由于胆怯，她曾经折断过一根金黄色的玉米秆作为探路的拐杖，这个故事又旧又远，她说着流出了泪水。她的孙子站在一边，他并不知道，他无意间给这个老人带回来了一种只有用黑和血液才能消化和寻找的记忆。

有好几天时间，她握着那根金黄色的玉米秆，这根“牧杖”用来帮助她回忆敲响年轻时代大地的地壳，用来敲响尘封在斧子中的声音。她走来走去，因为还有更多的秘密她没有告诉她的孙子，攀越了那片种植玉米的山坡，在漫游中，她与她的恋人从此离散了，而这种分离竟然成了永诀。有人告诉过她，她的恋人在穿越一座海湾时被一阵海啸吞没了；也有人告诉她，她的恋人化成了灰，化成了潮汐；也有人告诉她，她的恋人如今仍生活在一座小镇，他已经与小镇上一位绣花女人生活在一起，并已经是一位儿孙满堂的老人。这些东西在时间中变成了传说，她知道，凡是已经变成传说的东西，就是已经离你远去的东西，她想，也许只有躺在自己的墓志铭中才能触摸到它。

而一根金黄色的“牧杖”，它来了，它被她的孙子从乡村带来，它穿过了一个又一个干燥的月份，因为它变成了传说。如果说它是一根“牧杖”的话，它的用途就在于它可以因此把生命中新的一天找回来。

“牧杖”置在温暖的手中。有一天早晨，她没有再醒来，她握住那根金黄色的“牧杖”，仿佛已经进入了传说之中去，她的孙子在她床边，她的头发变得雪白，似乎想寻找一盏盏的油灯，她的孙子永远不明白，她为什么会握着那根玉米秆永久地离开了他们。

这种死亡很少有女人能碰到，她在死亡前连一点预感也没有，她活得那样兴奋，好几天时间总是握住那根“牧杖”，一边行走，一边回忆。在她心灵的顶端一定有一种金黄色的文字在弥漫，它检验过了她漫长岁月中的荆棘和手指间的温暖，它空荡、宽敞而明亮，它是矗立在金黄色的颜色中的一幢古老的屋宇。

囚禁在别处

她感到好像到了最后一站，好像是坐在火车上到了目的地。果然，她真的去乘火车了，这有点像她在年轻时代的出走，只不过年轻时代的出走也许是为了一个恋人，也许是为了一种情绪。当然，她现在是为了后者，为了一种更古老的情绪而出走。她开始上火车，旁边的陌生人用手推了推她的手臂，从某一时刻开始，只要她出门，很多人都会目睹她的困难，很多人都想伸出手来援助她。她找到了自己的位置，车厢里很少有人像她这么大年龄还独自出走，也许在年轻人中会找到一个出走的人。

出走是为了找到一个囚禁之处，为什么她越来越想囚禁自己呢？她睁开双眼，尽管年岁上升，她仍然有一双明亮的眼睛，可以从车窗看到干燥白垩色的地貌。她现在无论如何也不可能经历青年时代的事情了，所以，她想找一块囚禁之地。为了这个目的，第一步必须出走。

囚禁，在人生旅程中，一个人到底要把自己囚禁多少次。她厌恶自己，一个厌恶自己的人，时时都在逃避世界，周围的人那么年轻，荡着秋千穿着迷你裙，人类的整个状况都属于那些年轻人，而她呢？她在休息时放下了自己架着的腿，她在何时变成了一个没有姿态的老人，如果说她有姿态存在的话，那就是她的衰老。

把自己送到一块囚禁之地吧，为了不让别人窥视到自己离死亡越来越近，哦，死亡，听起来如此简单，但如果死亡没有带走你的话，你还得活着。她用鼻子呼吸着，空气和异味中保留着有趣的问题和复杂的问题，而她到哪里去寻找囚禁自己衰老的地方呢？

她下了火车，她投身于陌生人之中，她与扑面而来的寂静和即将展开的离群索居的生活相遇，她确实已经进入了老年人的世界，令她激动的事情已经成为回忆，使她确信的地址已经打上了几个删除号，与她同时代前行的人在幻想中变得耳目闭塞，而她呢？她厌恶自己，但她出走却是为了抓住最后的机会好好珍爱自己，所以，她的囚禁生活将变得灿烂起来，人们啊别惊动她，也别找回她。

又一场游戏

游戏到了最后的时刻还有一场游戏等待着她，因为她天生就是玩游戏的人。面对着人生中许多深不可测的时刻，她除了会玩游戏之外，她还会用敏感的双目感受到那坠落，现在的坠落与别的时刻不一样，而且今天的坠落与昨天也不一样，在坠落之中，她还会玩游戏吗？

她的坠落是因为她来到了医院。自从她被送进医院的那一刻，她觉得自己已经丧失了坐在炉边絮语和与他人触碰蔚蓝色海洋的机会。她躺在病室，望着输液瓶发呆，身体在一分一秒地坠落下去。她问医生她到底还有多少时间，医生害怕面对她那双眼睛，没有把时间的尽头指点给她。

在身体坠落时，她感受到了自己在与自己的身体玩一次从未玩过的游戏，她注视着前来看她的亲眷和朋友，可以这样说，她在人生途中终于躺了下来，看上去她似乎已经获得了极好的休憩。然而，到底有谁看见她在坠落呢？

坠落在目光之上，她就挣脱了人生的鸟笼，这只鸟笼不是装满金丝雀的那只鸟笼，而是被她拎着，随时想抛弃但又无法抛到山谷之中去的那只鸟笼。如今，就在她向下坠落在物质之上的那个瞬间，她想起了巨大的悬崖峭壁，在旅行的途中，她曾经走进去并在里面迷路。迷路的方式有千千万万种，就在那巨大的向她张开的峭壁深处，恐惧使她有种死的感觉。后来是一束手电筒的光从几十米深处射进来，一个人在呼唤着她的名字，那个男人在梦中看见她藏在一个赤洞深处，可以设想她把对这个男人的感恩当作了爱情，她伏在他肩上啜泣并把自己的命运交给了他。从此以后，她用漫长的一生作为回报，她与这个男人厮守在一起，直到她感到了坠落，身体在物质之上动荡不安。许多秋日的黄昏早已离她而去，也许只有完成整个坠落的时光，她才能不被回忆变换物质之上的场景。这最后一场戏剧与往日的迥异麻醉着她的身体，护士和医生们在她旁边走来走去，仿佛在提醒她：看在上帝的份上，你的时间已经不够你再一次迷失方向；看在上帝的份上，我们把你的生命艰难地延续了一分钟，也许只有最后一秒了。哦，在你的游戏规则下穿过最后一个孔道，这就是她嘴唇上最后的甜蜜，她完成了她的坠落，同时完成了她的游戏。

就像蔷薇花那样的红色

星期一早晨她不顾家人的劝诫，她穿上了最鲜艳的衣服，红色的，就像蔷薇花那样的红色，并且穿上了一双红鞋，颜色比蔷薇花暗一点，深红色的鞋子穿在她脚上宛如在横穿一条童年时代幻想的河流。她蜷缩在红色中，这是她的丝绸岁月迅速地被越来越深的皱褶深裹住的某个瞬间。她的家人觉得她有些古怪，他们不知道到底发生了什么事，因为她从昨天晚上就扰乱了家庭的秩序，她从衣柜里翻出了红色的上衣翻出了红色的鞋子，她的大女儿，那位已进入更年期的药剂师惊讶地问她：我的母亲，你到底怎么了，你要干什么？而她呢？她确实已经八十多岁了，她穿上了红上衣和红鞋并且听到一个声音在说："不，我明天一定得出门，我明天一定得去见见他。"而他到底是谁呢？没有人知道他到底是谁。当她离了一朵又一朵坠落着的烟云之后，当她出现在她的儿孙们面前，她在一个清晨穿上了红上衣和红鞋子，她想到了一个人，她必须去会见他。那天早晨，当她那细小的血管中流动着一种似乎是永久的图案，但是她的真正权利却遭到了询问，他们以为她反常，以为她变态，甚至以为她疯了。

就这样阳光刚刚照在屋顶的拐角处，她就穿着她的红鞋子离开了这座充满声音的房子。那个人到底是谁？现在，有必要与她一起步行，尽管灰烬就在她的红鞋下面发出干燥的味道，但干燥已经伴随了她一生，在这座因干燥而闻名的城市，她已经把她的脾气放在黑暗中的天竺葵下面的泥土里面，她已经学会了在干燥气候中用嘴唇的沉默来断定人生确实已经到了尾声，她意识到了干燥的气候和空气将她的身体在某一天中午送到炉架上去，由此，她咕哝着：我去见他，我要去会见他。

一双套住了她双脚的红鞋子——在她那枯瘦而战栗的光辉的魅力中绵延出一条道路，她的激情可以产生一种奇异的效果，幸福的幻想是她身上的那团红色，这是她的渴望，穿上红上衣和红鞋子去会见一个人。

他，当然是一个男人，肯定是一个同她一样衰老的男人。这是谜语的幸福，是她八十多年来最激情洋溢的一天，无论她去会见谁，她都是这个世界上最有魅力的女人，她正展开她那骨瘦如柴的翅膀……

倦意犹如你的脸

从幼年时代她就习惯用牙齿间的节奏吟哦那些正在发芽的树叶，每一种事物进入了她的吟哦就会变成诗句，她指出过许多迷途者的道路，她变成了歌唱时间的诗人。如今，她坐在阁楼的那扇窗口，那窗口长满了黑斑就像她活得那样漫长那样衰老。然而，就在这时候，她牙龈却正在发芽。她在诗歌笔记本中写道：用我的牙，咬住难以苟同的词语，徒劳的影，在暮色中迷蒙，对我而言，每个寓言都已经被我偷渡到岸上。这就是她牙龈发芽的某个时刻，借此机会，她不倦地微笑着，写着：对你而言，你的时间，已经耗尽在持久的屏风之外，就像惊雷滚过，忽然一声喝彩，戏剧已到了尾声，男人和女人，你们如果衰老，就难以抵挡戏剧的尾声，倦意犹如你的脸，已渗入不绝如缕的倒叙之中。

是的，她确实进入了诗歌中的倒叙之中，进入了又一个牙龈发芽的阶段。她趴在阁楼的一角，想用她衰竭的欲望体验她的嘴，那些犹如黑斑一样弥漫的发芽阶段，使她的一生眺望到了殡仪馆门口的嫩芽。这是一棵冬天的树，但她用嘴唇的词语感受到春天的嫩芽。终于，她不能再继续待在她的阁楼了，她摸到了拐杖，她呆呆地伫立了几秒钟，宛如看到了送往殡仪馆的每一具尸体上绽放的花蕾和嫩芽，而一只古旧的罗盘针虽然已经不再发出声音，但却在目送着她，这个又瘦又老裹在黑色大衣中的老妇人到一座布满泥泞和冰雪的世界外面去。

她有过短暂的婚姻和生育的疼痛，一切都是在短暂中消失的，她好不容易在拐杖的支撑下下了楼，远处掘土机的声音轰鸣着，使她的神经经受住了轰鸣中的窒息。她想起了那些栅栏深处的影子，正是如此，她“有了挑选生或死的特殊权利”。此刻，拄着拐杖的女诗人，牙龈同发芽的诗句似乎在沿着一座壕沟飘荡到战争的弹片之中去，她的声音吟哦而出时将一堆光芒四射的茎的根部盘绕，她记起了日落日升中某一座亭阁，甚至回忆起了一个身材瘦小的男孩神经质地送给她一朵玫瑰花。她用她余尽的力量拄着拐杖，她吟哦道：

在那深蓝色火光交织的烟雾之中

如果你已经看见钩子的铁壶

如果你已经看见稻草做成的小扫帚
如果你深深地吸着气

围炉而坐的生活

围炉而坐的生活在冬天发生，在她睡意降临的时刻与炉火交谈的是她的双膝，而此刻围炉而坐的不仅仅是她还有她的家人，多少年来她陪同他们围住炉火，冬天就这样降临，炉边的闲话使一个裹着冰雪的家庭史绽放出光彩。而她呢？灰色的头发被炉火映照着，她的牙齿几乎全掉光了，她低下头，儿孙们的谈话往往会涉及一个时代的变迁，涉及沉重的玩偶们为了生活而加速表演的种种才能，涉及铅一样的云彩下面，那些戴着面罩呼吸的人和裸露着鼻孔呼吸的人们的区别。哦，生活中的滑稽表演者和生活中的刀片或子弹擦伤了他们的神经……她低下了头，她一边打瞌睡一边听他们说话，有些东西听起来是那么模糊，她弄不明白儿孙们为什么会发出笑声，其实，他们在欢笑时她会眯着双眼笑，她到底在笑什么呢？她望着炉火，使她做出这种闲暇状态的机会不多。在很多年之前，她几乎一直是忙碌的，她一直在操心，为她的儿孙们在奔走。现在，她走不动了，儿孙们便围着她，围着她其实也是围着炉火，温暖的炉火使一家人轻松地度过每一个夜晚。听不到悲鸣声，只有在他们讲述别人的故事时才会发出一种声音，可那不是悲鸣声，而是叙述者娱乐的声音。她围炉而坐，炉边的闲话使她进入了她没有时间和良机进入的一个世界，是她孙子端着玩具冲锋枪在炉火旁让他们投降，如果不投降，从冲锋枪里扫射出来的水渍会淋湿他们的头和衣服。这种游戏使她很开心，她第一个举起了双手表示投降，然后她的儿孙们也乖乖地举起了手，他们变成了俘虏。炉火发出嗞嗞的响声，她困了，到了深夜，炉边的闲话应该结束了，她已经困得不能再困下去了，而她的孙子，那位举着冲锋枪的男孩早已不再搜寻他的俘虏，他成了趴在他父亲肩头的一只细小的昆虫。看来，唯有梦乡才会让他捕捉到比人更有趣的俘虏。

儿孙们扶着她进了卧室，炉火在慢慢地变成灰烬，世界就是如此：即使在最偏僻和古老的炉火旁也有一种私人的欢乐和传说在弥漫。她今天睡在了床上，炉边的闲话嗡动着，开衩的门缝边缘的风嗖嗖吹进来，卧室里的炉火刚开始上升，她满足于这种儿孙同堂的生活，就像满足于她深思困惑的遁词：快乐的、痛苦的、幸福的使者到哪里去了？

她的最后一个目的就是与衰老做斗争，看起来这是每一个老人所面临的目的；然而，对于她来说，这个目的意味着她必须在衰老的生活中把每一个细节：疾病、挫伤的咳嗽声、在飞蛾中死去的同伴、潮湿的后花园中掩埋的那只鸟、柠檬的香味中一道晕的迅速消退变成了一块老年斑等等，人一生就是在细节中完成了某一段时光和某一种游戏。现在，她面临着另外一种细节，她必须独自穿越过马路，如果她不想待在卧室中被蟑螂的声音包围的话，她必须出门去晒太阳，太阳会让她眯着的双眼睁开，她必须穿过马路，蜂拥在马路上的各类汽车令她头疼，但她必须找到自己的一根操纵杆。她试着过马路了，在她进入 80 岁的第一天，一条宽阔的马路正在轰鸣声中等待着她，红灯亮了，她攀住了那根操纵杆顺利地通过了马路，她为自己的成功而庆幸，她在 80 岁的时候通过了城市中央一条宽阔的马路，而她却没让任何人搀扶她，因为她拥有一根自己独特的操纵杆。

这根操纵杆被她抓住了，她知道自己值得骄傲的东西已经越来越少，在她伸出手的一道弧线之中她知道了她滑倒在地的危险，所以她不会让自己轻易滑倒，因为她知道如果她滑倒了，死的可能性多于活着的可能性。所以，她将尽可能地利用她已经寻找到的那根操纵杆。这会导致她生命中那些活力，最后的活力构成了人生中最后的速度和生活的发生。她走出户外吸收阳光，她被一种风暴卷进去再次像她少女时代的激情汹涌，她的生活大部分完成了，但由一根操纵杆所承受的一个八十多岁的老人的胃和四肢将展现出我们意想不到的结局，她也许会滑倒，因为任何人也避免不了这种危险，但令我们惊叹不已的是她知道自己会死死抓住她的操纵杆，有活力的生需要生者抓到一种支撑点。

她的盔甲早已被她抛弃

她的盔甲早已被她抛弃，而她的面具在一场多年前的化装舞会中被她的同伴亲手摘下，因为那只面具不适宜藏住她的面孔。她老了，她终于意识到是剥去自己伪装的时候了。在漫长的时间中，她觉得总是用另一张面孔去面对别人，她真正的自我被她藏得越深，她的孤寂就越重。

人们看到的总是另一个她，现在，她老了，她觉得只有剥去一切伪装才能面对世界，这个简单的道理使她付出了一生的大部分光阴。现在，她正在人群中开始试着剥去她的伪装，她伸出手去，这双布满皱纹的手触到了时间尽头的尖端：那是面纱和一堆褐色的残骸，她正在用她越来越少的勇气让自己包裹起来的伪装脱离自己而去。一个人来了，看到了真实的她，那个人是她多年前的老友，但真正认识她却是从现在开始。时间的另一端站着原来的她，那个被精巧的伪装术包裹起来的女人比戏剧中的女人更难于把握。而时间的这一端却站着现在的她，虽然已老态龙钟，但经过她的双手将伪装剥去之后她变得轻松了，也就是说她的身体得到了时间的解脱。的确如此，她不再让手指甲上飘出浓烈的指甲油味，她也不再利用她独特的性别中的身体为自己的最后人生制造迷雾。一条条废弃的道路已被她画上圆圈，剥去了一切伪装之后，她看世界的目光更加清楚了，她柔声说——而在过去的时间里，她从来不柔声说话，因为她坚信，世界就是一座砂堡，自己得去攻克它。现在，她闭上双眼，她有那么多需要表达的东西，所有的爱使她呼吸着，天啊，太好了，她怎么竭尽了全力才意识到爱她的人就在旁边呢？这是她剥去伪装之后才意识到的东西。

一个女人，她比任何人都要聪明，她比任何人更懂得保护自己并比任何女人更早地给自己戴上了面具，她的悲剧除了让她衰老前夕感到悔恨之外，她更大的聪明在于她利用剩下的时间剥去了一切伪装。一座倾斜在山岗上的城市走着一位剥去了一切伪装的老妇人，她拄着拐杖，她把内心的秘密交给世界，她溶进了夜色中的台阶，她开始逐一地清除自己对世界的怀疑和仇恨，她不再找理由为自己辩护，她对流行的颜色充满了向往，她从时髦的驼色大衣中掏出钥匙打开门。

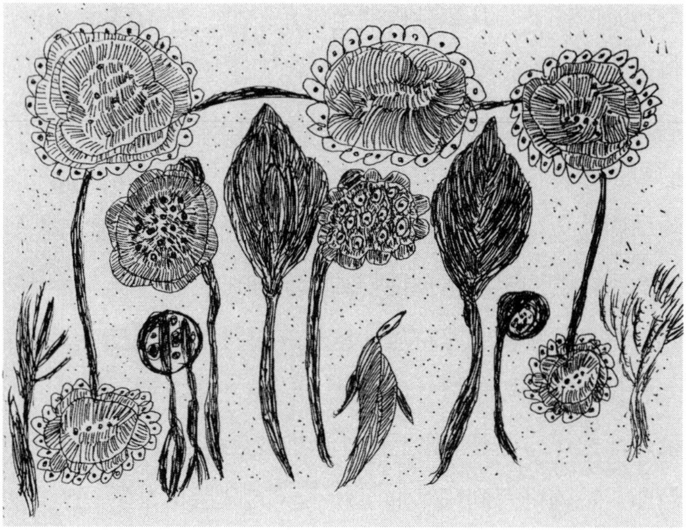

在噼啪声中黎明来临了

在噼啪声中黎明来临了。这是新的一年，居住在一座老屋中的一位女预测师却消失了。她失踪了，人们逐一地寻找她的痕迹，从飘满玫瑰色街角的地方开始寻找，几个月过去了，她失踪的痕迹根本没有呈现在任何一条行道上。后来，他们在她的老屋中发现了一本已经尘封在时间中的旧笔记本，那是一本黑色的笔记本，关于这个女预测师的故事和箴语似乎可以在笔记本中寻找到准确的答案。尘封在岁月中的旧笔记本被他们的双手神奇地翻开了。第一页到最后一页都画满了符号，这也许是符咒，有人说，当有人看见类似花瓣的符号时便说，这也许是情咒，总之，无论是什么样的符号都像咒语，这是她盘踞世间唯一的声音。然而，她的符咒到底阐释了什么样的命运和人生？这个女人，这个披着一头白发的女人，从少女时期开始，她跟随她的家族流落在这座城市，她会预测各种各样的灾难，当然，这是个体的灾难。当她的眼睛看着你时，她会告诉你她看到了你未来中某一天。她还穿行在城市，协助人们清除鼠疫，因为她知道，疫情是一种比水和火来临时更大的灾难。转眼之间，她的乌发慢慢变白，也许她看到了自己的结局，也许她知道自己同样避免不了死的命运，她会披着她的白发消失。

人们从她的笔记本中看到的一系列符号也无法寻找到她的踪迹。后来，人们放弃了去寻找她的念头，她便成为一个神流传下来。

那本尘封在岁月中的笔记本所散发出来的咒语使一座城市或多或少受到的影响也同样变成了传说，比如，满天飘动的玫瑰色降临时，人们相信她回来了，因为她年复一年总是穿一件玫瑰色的长袍，那些玫瑰色使一座城市洋溢着节日的气氛，使人们疲惫的心感受到色彩和快乐。然而，任何人也无法去重新翻开那本笔记本，并在笔记本中找到咒语的答案。

她是谁？八十多年来，她的长发由黑变白，她穿着玫瑰色长袍在城市里走来走去，她的咒语在词源学上无法找到解释，她更像一个幽灵，一个藏在玫瑰色长袍中的幽灵。所以，她超过了一个女人生活在俗世之间的距离，她穿越了别的女人无法穿越的时间历程，因为只有幽灵写下的咒语才无法阐释。

有韵律的浮动早已属于过去。她即将死去，死亡如同出生时的蜜蜂一样同样在等待着她，那些蜜蜂飞来了，一个女人快死时，那些蜜蜂飞来了。天堂，这是生活在地狱中的人们向往的地方，她就要去天堂了，一群蜜蜂飞来了。她伸出手去，她现在所触摸到的另一双手仍然是真实的，所有的难以攀越的高峰和距离此刻都不存在了，尽管人在垂危时刻是慌乱的，因为要在一刹那摸索到人生的终端处。她在一刹那忘记了最早的疼痛，一个男人引导她的肉体穿越黑洞时的愉快的疼痛，一种疼痛开始就意味着她的手臂在摇晃，意味着她向土地移动，转换为一座桥梁，而此刻，她要死了。

女人在死的时候比男人要清楚，她知道她快要死了，首先，她在慌乱的一刹那寻找着她的墓志铭，透过那面女人们沉醉其中的穿衣镜，她将结束她从纤细的足踝和柔韧的腰肢开始的全部变化，晦暗的生活和男人带给她的快乐和痛苦将全部结束，对此，女人们的墓志铭将由她们在离开人世间最后的一刹那，那慌乱的一刹那来决定，将由她们不同的身份不同的幸福感来决定。

她们的身体只有一丝丝热气了，她们欠起身来，她们不会再把柔软的沙发当作休憩之地了，她们不会再继续躺在卧室一个伴侣中间，躺在他们为她提供身体上获得勇气获得狡猾游动的鱼的本领。她们不再伸出枯瘦的双手向世界上索取任何物质生活了。在这慌乱的一刹那，她将伸展开双腿，所有的蜜蜂都在迎接她，这些蜜蜂将不再会蜇伤她的手臂，她将不会再进入梦幻梦见自己在一张床上向外爬去，哦，她的墓志铭，竟然是那么简洁，她说道：我将躺在飞鸟和它的羽毛之中，因为这样，我的身体就会变得轻盈；她写道：我的道德和我内心的幻想化为了尘埃；她写道：玫瑰，这是我在世间和天堂之间的门缝中抓住的唯一一种香气。

死亡快要占领她的领地，她是再也无法活下去了，时间停滞下来，这是她们幻想过的时辰。女人，这些从年轻变得衰老的女人，按照自然规律一个又一个地消隐，她们逃遁在我们的视野之外，导致她们死亡的是时间，任何女人都会死去，因为她们已经生活过了，任何女人都会为了找到自己的墓志铭，在活着时，既像一个天使一样拥有翅翼，也会像一个魔鬼一样拥有咒语。